離開你以後，我才慢慢學習離開你

Jayford —— 著

enlighten & fish 亮光文化

contents

Chapter Five

不會停電的城市讓我們無法看得清愛情

Chapter Six

那一場森林的修練

Chapter Seven

沒有停下的雪，與前面的風景

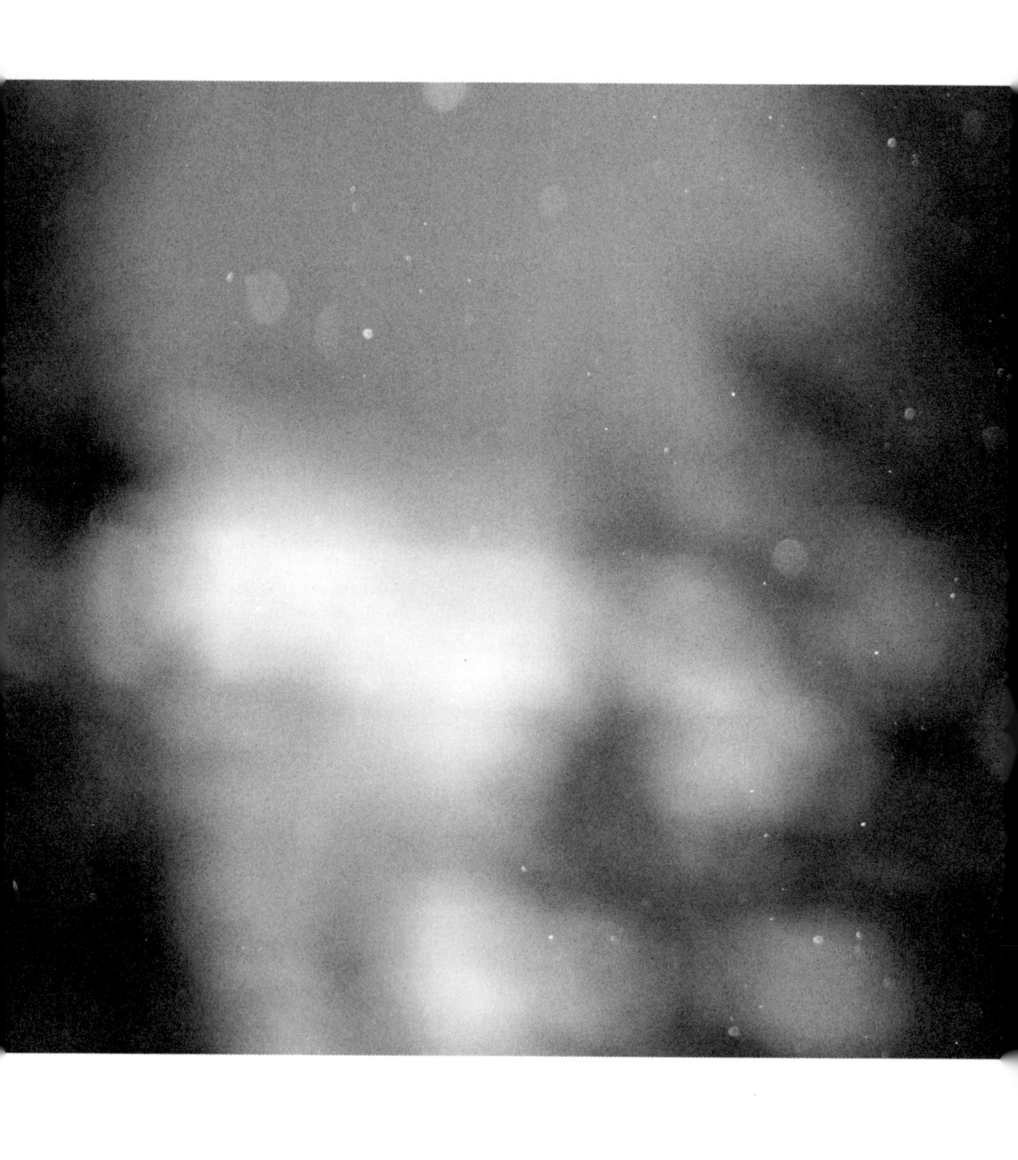

你離開以後，天空下起最炙熱的雪 ｜ One

你離開的那一天，窗外的長街忽然變得白濛濛一片，
窗台上的鮮花忽然褪了色，
窗外的天空忽然失去了藍色，
我的視線，也忽然變得模糊起來了。

於是我就躲在屋裏，慣性地睡覺，起床，
慣性地早上就起來看手機，
看看有沒有你傳來的短訊。
慣性地儲起你也許喜歡看的短片。
慣性在入睡前用語音錄一句晚安，
然後就在傳出去的前一刻，
全部打住。

你離開以後，我花的心力都在不斷提醒自己。
提醒自己別再騷擾你，
提醒自己戒掉對你的依賴。
若然還有力氣，
就想一想現在的你，沒有人再煩住了，
該有多好。

你離開以後，我對生活僅餘的興趣，
就是叫自己不要過於融入生活，
避免感受過多的關心，避免聽別人告訴自己要愛自己多一點，
我知道他們關心後，他們也許可以舒服一點，
但恕我沒有力氣。

終於世界對我的容忍度到頂了，
迫使沒有生產力的我外出。
為了生存，我唯有用最慵懶的方式起床，
用慵懶的眼神看着鏡子裏最慵懶的自己，
用最慵懶的姿勢換上最沒有配搭的衣服。

終於我打開門，門外的雪花打落在我的臉上，
我最冰冷的面孔，雙手，還有內心。
忽然感受到，最炙熱的雪。

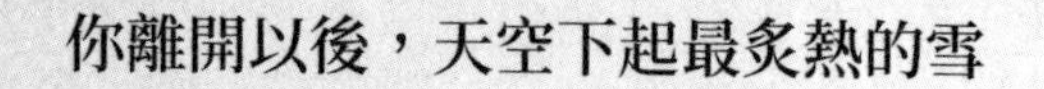

你離開以後，天空下起最炙熱的雪

也許是因為看過你最溫熱的眼神，
因此當你一變心，
我第一秒就感受到了。

也許是因為感受過你最溫暖的愛，
因此當你一冰冷，
溫度就直接離開了我的內心。

終於在分開的那一天，
我成了最冰冷的人。

不知你有沒有發現，一段關係的結束後，這個世界會忽然冰冷起來。

據說一段最着緊的關係結束以後，天空就會下起白茫茫的雪，彷彿要把你們走過的角落，你們一起經歷過的快樂，一起喝過的熱朱古力，那個誰送過給誰的鮮花，那個誰和誰說過的最溫熱的甜言蜜語，一瞬間，全都冰封起來。

以為還有的，突然之間便失去了。

以為還有機會逆轉的，那場雪就是要告訴自己：都沒有了。

其實我也知道，在關係的後段，我們都只是苟延殘喘。我曾經還妄想那些痛可以被時間洗刷乾淨，我曾經還妄想那些傷害可以慢慢被淡忘，我曾經還以為開始衰敗的花可以重新生長，我曾經還以為，只要彼此願意努力多一點，就可以拾回最初的新鮮感，可以同步想起最初的感動，也許我們都可以回心轉意。

我曾經還以為，我還有努力的機會。

我曾經還以為，我們都不會這麼容易落敗。

偏偏世界太大，充斥我們感官的事物也太多，太多新的東西可以輕而易舉地獲得，於是我們都變得善忘。

嗯，誰還會努力？

嗯，就算努力，也缺乏氣力。

而偏偏善忘的 deadline，就出現在剛剛失去的那一刻。善忘的 deadline 到了，所有回憶都頃刻走進腦海，而回憶走進腦袋的那一刻，

時間就會告訴你，

你這一刻，

最需要學懂的，

就是善忘本身。

我早已死掉

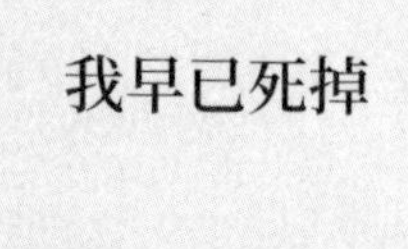

愛破碎了，於是我也變得破碎。

我曾經以為你會愛着完整的我，
然後漸漸地，我把自己扭曲起來。

於是在愛破碎了的那一天，
我才可以在破碎的冰面上發現，
我的面容早已扭曲，我的情緒早已扭曲。

那個完整的我，早已從扭曲中死掉。

你有沒有感覺到，當愛情完結的那一刻，我們就已經死了。

愛情死了，我，也已經死了。

明知有些感覺應該及早忘掉，對彼此最好。關係完了，和對方連結的情緒，和對方連結的記憶，通通都應該及早斷掉。

不應該打擾對方，也不應該渴望得到對方的回應。

也許腦海還縈繞着當關係接近終點的時候，對方的冷漠，不回應，那些最初的熱情與最後的冰冷的落差，才會更加渴望對方在愛情完結的時候還會用心望彼此一眼。

我也曾想過，自己埋在泥土裏的一刻，會不會反而博得同情的一眼，博得對方說出內心潛藏在最裏面的感受，也許還會博得對方似是而非的回憶絮語。不知道你會不會說這段失敗的愛情，還是會讓你學懂了甚麼，還是會讓你有甚麼得着。真的也好，假的也好。

理性明知不可有，但分手以後，還是會這樣奢求。

就當我幼稚。

就讓我躲在床上漫無目的地幻想。

你不會知道，分手前的時候，我是那麼忙於拚命地猜想你的所想，拚命地猜想你冷漠背後的原意，你不會知道，我早已虛耗過度，但還是願意承受這些疲累。

雖然結果告訴我，都沒有用。

就當我幼稚。

就讓我躲在床上漫無目的地幻想。

反正我忽然變得沒事忙，沒事煩，沒事幹，

也不會打擾到你。

分手以後，我反而逐漸看清這個世界。

我終於知道天花板上有多少裂痕，
終於知道窗台的紅花有多少塊花瓣。

我終於有時間看清楚你傳來過的多少短訊，
我沒有認真回覆。

也終於看清楚所有朋友最好奇的，
並不是我分手的真正原因。

而是誰先說分手，
有沒有第三者，
是短訊還是面對面說出口。

分手以後，全世界都突然想見你，和你聊天，說擔心你胡思亂想。真奇怪，這明明是你最沒事可想的一天。

不知道分手以後的那一段日子，你通常會做甚麼呢？有些人告訴我，他們喜歡一直吃，吃個死去活來之後就會清醒；有人說他們喜歡一直哭，哭個死去活來之後就會清醒；也有人告訴我，他們就這樣百無聊賴地坐着，睡着。

而我呢，就這樣躺在床上。

就這樣躺在床上，讓自己放空。畢竟分開之前的那些受傷的說話，那些挽留的場景，通通讓自己過於虛耗。反而分開之後，立刻就閒着，可以讓自己放空。

偏偏在這個時候，就會有很多人約自己見面，就會有很多人的問候在這個時候出現。

真奇怪，平時又不見，也沒有覺得自己這麼受歡迎。

偏偏在這個時候，世界就告訴你要準時進食，要維持日常生活。

真奇怪，我又不餓。

偏偏在這個時候，世界都會叫你快點積極起來，不要再受情緒所困，不要再感情用事。

真的很奇怪嘛，我又沒有騷擾別人，也沒有打擾過任何人的生活。

何不讓我靜靜地躺在床上，用時間慢慢戒掉平時的習慣，也許內心會有一些情緒的起伏，何不讓我慢慢感受，慢慢撫平。

讓我躺着，讓我安靜，就真的可以了。

戒掉所有習慣，慎防回憶來襲的時候突然想發短訊給他。

關掉手機，慎防相片簿突然發出回憶集。

把被蓋着自己的頭，慎防要面對自己的眼淚。

但都沒有問題，躺着的我都是好好的。

只是我自己知道，最不好的時份，

絕不是最安靜的躺着時份，

絕不是最不想理會世界的，不理會手機的時份，

而是，不小心進睡以後，

剛剛睡醒的時份。

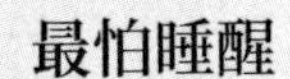

最怕睡醒

最脆弱的，
絕不是那些無法止住的眼淚。

而是發現自己阻止不了現實的決絕，
阻止不了分開。

阻止不了睡醒的時份，
那些回憶來襲的時光。

阻止不了回憶來襲的時候，
還是會打破自己剛剛下過的誓言，

然後偷偷地
又想你一遍。

阻止不了窗外下着的雪，阻止不了這些雪花正在冰封我們的愛情。正如最初阻止不了分開，無可避免地面對你的決絕，無可避免地面對現實的問題。

其實我也知道那些隱而不宣的暗示，才會在我們的話題裏避重就輕。其實我也知道你急不及待想告訴我你的感覺已經變了，我才避免在我們的對答上加上太多愛情的符號。

最終還是阻止不了分開。

也沒有延遲分開的時刻。

分開以後的日子我就這樣躺在床上，我可以漠視世間對我的各種喧鬧，或者那些心靈雞湯式的鼓勵方式，但我無法漠視每次剛剛睡醒的時候，那些回憶就自動自覺地侵襲我腦海的時刻。

去過的旅行，看過的海。歐洲小鎮看過想買的小飾物，然後你偷偷回頭買了給我。那些我們害怕再不表白就錯過時機的日子，然後就在錯過的前一刻表白了。

那時候你說你很堅定，我說我很堅定。

你說你不相信愛一個人可以一生一世，但這次可以。現在的你還相信嗎？

我曾經因為你相信而相信着。

直到分開前我仍然這樣相信着。

你呢？會不會在某天清晨時份睡醒的時候會再想起這一句說話？然後會不會和下一個說？

世界告訴我們要樂觀地，抱着希望地向前走，結果就會變得美好。

我有樂觀，我有抱有希望，但結果呢？

分開以後我們的朋友都故意地，夾硬地把罪名施加在對方身上。但我們知道，這段被定義為失敗的愛情，裏面有不能說得明白的內情。

我也沒有因為朋友為我撇清罪名而變得快樂起來。

也許這才是我，不想外出的原因。

寧願承受世界說我不積極，感情用事的罪名。

寧願承受睡醒的時候，

最寂寞的時份，

回憶來襲的日子。

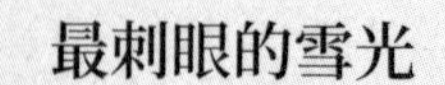

走在雪地上，看遠方的冰海。
最炙熱的雪反射了最刺眼的雪光。

旁人的耳語是喧鬧的，
旁人的目光也是刺眼的。

像你曾經的溫柔，
正在刺激我劇痛的傷口。

不知你覺不覺得，分手以後，渾身都是傷口？快樂變成傷口，溫柔變成傷口，曾經他最真摯的目光，現在都變成你的傷口。

正正是因為太愛一個人，才會把他放在心裏最柔軟的地方。於是，當他一變，當他的感覺起了刺，就成了最致命的傷口。

甜言蜜語起了刺。

說過一起走過慵懶的沙灘，度過慵懶的嚴冬，成就彼此的夢想，一起陪對方走過最艱難的路，通通通通，都起了刺。

隱隱作痛的，都變成了劇痛。

那麼還有必要逼我們，儘快適應新生活，快點踏出自己的舒適圈，和平日一樣正常的生活嗎？難道他們不知道，自己的舒適圈，也已經變得極不舒適了嗎？適應這些哀傷已經花盡了心力，還要逼我們面對這個世界的目光嗎？

同情的目光，很刺眼。

安慰的說話，很刺耳。

那些故作和平時一樣對待我們的各種姿態，通通也很突兀。

「夠了。」我內心這樣說。

然後嘴裏說出一句：

「謝謝你。」

「我好好多了。」

讓他們放心。

讓他們覺得自己的安慰很有用。

讓他們覺得自己很關心別人。

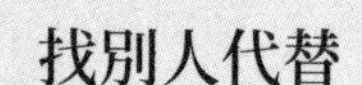

有些愛能輕易冰封，
但有些雪不能輕易融解。

有些原因能夠說得清楚，
但有些手不能分得明白。

有些新的愛可以輕易闖進生活，
但有些人不能輕易代替。

也許你也聽過很多似是而非的理論，就是要忘記一個人，就儘快找另一個人。你也知道，這也許只是短暫的止痛藥，但副作用比分手的劇痛更傷。

我也曾想過以新的禮物取代舊的禮物，以新的感覺取代舊的感覺，以新的體驗取代舊的體驗。新的一次表白，也許可以令之前的痛，消失得徹底一點。

接受新的眼光，新的溫柔，但終究我也是知道放不下你，是因為我還會拿他的目光跟你比較，拿他的溫柔跟你比較；或者說，你曾經的溫柔，你曾經的輕聲耳語，總會這麼有意無意，在最適合的時間，閃過我的腦海。

然後我就會對任何外來的人，止住了腳步。

就算在我們關係的最終段，開心太少，失望太多；溝通太少，冷戰太多；溫暖太少，彼此的折磨太多。我還是會有意無意地想着，在關係的最初，我們是怎樣全程投入過。

才會這樣放不下。

明知走到了盡頭，還是會這樣的放不下。

有些感動不能被另一種感動取代。有些愛不能被另一種愛取代。

也許很久以後你會發現，當有一種新的感動，是你最渴望的感動，是你前所未有的，最上頭的感動，那才是你真正放下，真正應該接受下一段關係的起點。

多久也好，你也會遇到的。

我這樣為你祝福着。

現在放不下的，就暫且別放下。我不是一個容易放下的人，因此也無法教你各種放下的理論。反正我也不會相信這些理論真的可以治本。

但陪伴可以。因此我就在這裏陪伴你。

慢慢來。

你不必擔心，
我也沒有多餘時間騷擾你。

我的時間，
都用在說服自己不要去想念。

一段關係讓你學到了甚麼？你發現就算你學懂了珍惜，學懂了感恩，學懂了為對方着想，都不足以讓愛情不要流逝。

我還以為把你想我學懂的都學懂，我就可以好好保護這份愛情。學懂了精準地看 GPS，學懂了你哪些季節喜歡喝甚麼飲品，學懂了你哪些時候需要安慰，哪些時候需要下決定，我以為，這就足夠了。

我以為，我以為。

我也以為我只要再乖一點，你也許就會回心轉意。我也以為我只要變壞一點，就會讓你重拾新鮮感。

我以為，我以為。

終於你告訴我，愛情裏不是要做些甚麼，喜歡就喜歡，不喜歡就不喜歡。

我才明白這段白費了的光陰，沒有被定義為是甚麼「緣分」。只是我們隨機地遇上了大家，剛巧走過一段路，而我，剛巧以為自己努力了甚麼。

你走之後，我還要學懂一件事情，就是絕對絕對不要煩住你。

你不知道，我想煩住你的時候有很多，看到那個有趣的活動，想跟你分享，看到你喜歡的公仔出了新款，想跟你分享，看到某個朋友做了甚麼白癡的事，想跟你分享。

在最憂傷的日子，在最想上傳限時動態的日子，我都要學懂制止自己。

最後的一課，我必須要自己學懂。

就和平時我需要學懂的那些事情一樣，

這都不是為了你。

絕不是為了你。

放心。

努力的藝術

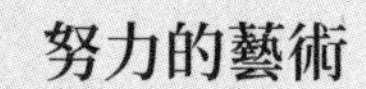

努力地灌溉，
窗台的花兒凋謝得更快。

努力地鏟開門前積雪，
水分凝結得更快。

努力地保護愛，
它消失得更快。

我把情緒都放在心裏，
於是內耗得更快。

你有沒有覺得，在愛情裏，越努力，結果越糟糕。越用心，失敗得越快。和你平時在書本上學習的所謂道理，大相逕庭。

珍惜着相處的日子，用溫柔去灌溉他不快樂的時刻。他送的小禮物都被安放在一個小小的櫃子裏，寫給他的卡每一句都是用心設想，都是對將來的期盼。

又怎樣？

我也曾經以為這次只要最用心，最努力，就可以解除以往錯愛的咒語。你說你以前常常錯愛別人，我也曾經錯愛別人，錯過別人。我以為用心就可以解決。

我也以為用心就可以將這段關係一直維持在最初最快樂的狀態，一切都不會變。

你的眼神不會變，我的感覺不會變。你的珍惜不會變，我的着緊也不會變。

是甚麼時候開始我們會覺得相處出現了折磨。然後又是甚麼時候開始，我們慢慢出現了吵鬧，出現了不諒解。

我告訴你我小時候曾經做了一個夢，夢見我終於買到了最喜歡吃的糖果。突然之間我發覺開始要夢醒了，於是我的手緊緊握着糖果，但我越握着，它便越消失。醒來的時候，手中甚麼也沒有。

你說這只是做夢，你說幸好我和你的關係並不是做夢。

我知道你們曾經都用力地為一段愛情經營，也知道用心經營後結果的反差的那一種痛楚。你們也許會覺得你們的努力白費了時間，有些路程白走了一趟。你也會開始懷疑自己是否應該繼續相信愛情，是否應該努力下去。

這刻的你，決定是否要努力並非主要。

你的首要任務，是為自己努力做一些事。

今天你要哭，我就只想你努力地哭。

今天你要傷心，你就只需要努力地傷心。

起碼全都是為自己的。

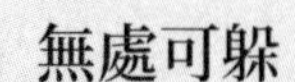

無處可躲

後來我發現世人最擅長的，
就是把別人的秘密都刮出，
讓別人無處可躲。

然後還要告訴你，
坦白才是療傷的方法。

於是你跟隨了他們的方法，
他們高興了。

然後他們跟你說：
你痊癒了。

你還需要努力的，就是要把自己的舒適圈慢慢填補。

交出過最真摯的心，我也把它放在自己的舒適圈。分手以後我才知道這個舒適圈早已殘缺不堪，我的舒適圈，其實早已歸零。

也許這個，就是分手之後，我們失重感的由來。

交出過最真摯的心，我們面對傷感，才無處可躲。

入秋，就立即想起了那個秋日，在未圓湖邊的表白。走過那一條長街，就立即想起了你看着櫥窗，那個充滿興奮的眼神。旁邊那一枱的一對情侶點了同一杯熱朱古力，便立即想起了朱古力也要拉花的倔強執着。

要怎樣逃離？

最寧靜的街角，變得喧鬧。最平凡的甜品店，也充滿着最喧鬧的回憶。最怕是有些朋友在言談之間，好像說了甚麼不適合的話，然後互打眼色，害怕傷害了我，害怕勾起我的回憶。

老實說我都不怕，反而是你們的眼色讓我難受。

讓我感受到自己的多餘，也讓我感受到多餘的關心。

我知道你們大概試過遇到很多朋友對自己的關心，勸勉自己不要執着，然後把自身的經歷告訴你，說自己也可以跨過了，你也可以。

老實說，我們誰不知道？

我們不知道的，是我們終於跨過那段日子之前，到底要怎樣才能捱過去？

到底是否能夠真的捱過去？

捱過去之前的情緒起伏，自己是否有足夠心力撐得住？

在這個無處可躲的世代裏，心靈雞湯無處不在的世代裏，關心無處不在的世代裏，我們也真的只想，有一個沒有人會發現的角落，讓自己可以好好填補那個已經殘缺的舒適圈，讓自己可以好好在那個無處可躲的失重感裏，苟延殘喘。

一會兒也好。

還要怎樣你才會愛我多一點

我走過冰冷的雪地，到了一個村莊。
村莊的人說我以前來過，
只是樣貌變了一點。
打扮不同了一點。
性格變了一點。
禮貌了一點，客套了一點。

他們問我發生了甚麼事。

我說再次來臨這條村之前的那段日子，
每天都在平凡的生活，
唯一不同的，
就是中間愛過了一個人。

你有沒有數算過，你和那個人一起的那一段日子，你改變了多少？有多少是你願意的，有多少是你不願意的？

雖然我都知道，都不重要了。但那段日子我的確習慣了你的生活方式。冬天一定要為你帶一包紙巾，去懷舊一點的地方一定要為你帶鼻敏感藥。節日最好不要送花，跨年不要去人多的地方，西餐的所有肉類一定要全熟。

然後我就慢慢變了不愛花，不愛人多的地方，餐飲最好要常溫，買的衣服，最好也淨色為主。

終於我變得越來越接近你，也變得讓你越來越沒有新鮮感。

或者挑戰性。

以往你說你喜歡聽我說我做過的夢，最終你說那些夢大抵有跡可尋，不說也罷。以往你說你喜歡我熱情待人，最終你說，太熱情反而會讓你感到煩人。

終於我變得冰冷。

終於我變得對別人有距離感。

就是為了讓自己可以再一次感受你的溫熱。

而偏偏，你就一聲不響地離開了。

而我最後的奢求，竟然是希望獲得一個分開的原因。但我還是告訴自己，死也不要打擾你。

你走之後的那天，天空就下起雪了。

我打開門，雪花洶湧而至。

雪花落在我早已冰冷的面孔。

我早已冰冷的身軀，

早已冰冷的內心，

都被這片雪花的溫熱，

灼傷了。

雪崩之後，我終於走進回憶的森林 | Two

尚有日光的時份，我重新走向回憶的森林。
我在長街走着，看到都是我們以前的腳印，
我跟隨我們的腳印走着，
差點還走到我們以前乘車前最愛去的咖啡店，
差點還點了一杯咖啡，差點還跟店員說，不要加太多奶。
幸好及早發現你早已不在，
我才停住。

終於乘上列車，看窗外擦窗而過的風景，
日光偏蒼白，
這種溫度，就正是最引誘你午睡的溫度了。
我把膊頭挺高，
調校到你最舒適的姿勢，
才發現陽光洋洋灑灑，都放在我最孤獨的側面。
我立即把膊頭放下，避免讓別人看到尷尬。

前方就是森林了，我走進去，看到了早已衰敗的樹枝，
看到了一本本你說要一起填滿，
但還是空空如也的日記簿。
我拿起了一個被棄置在大樹旁邊的音樂盒，
打開還播放着周杰倫的晴天，只是聲音有點變調了。
老實說我不知道喜歡他偏憂鬱的旋律的原因，
是因為這種旋律最貼近我現在的心情，
還是因為這首歌充滿着我和你回憶的畫面。

我繼續走，走到森林的最中心，
是一棵聳立的大樹。
大樹下的泥土聚滿了一顆顆從大樹上跌落的藍色果實，
我嗅一嗅，
嗅到了一種熟悉的味道。

這種味道，

是遺憾。

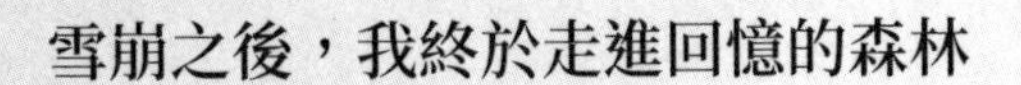

雪崩之後，我終於走進回憶的森林

誰率先迴避了眼神，
誰就是先動情的那一個。

誰先說介意了，
誰就是先認真的那一個。

若然愛情要談勝敗，
那你可以說是及早就奠定了勝局。

嗯，我輸了，
這場回憶的亂局，由我來清場。

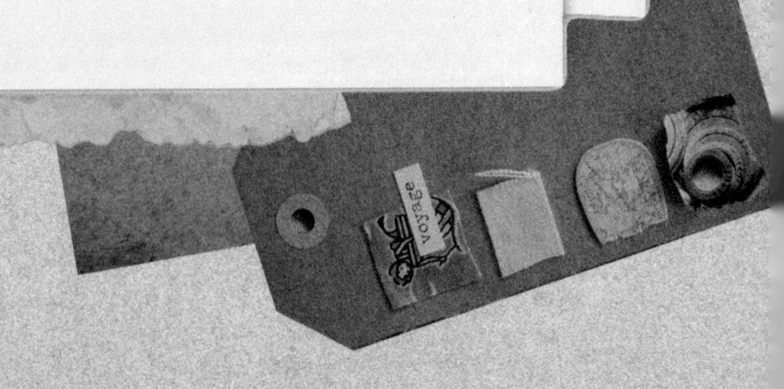

不知道分手多久之後，你才膽敢再一次直接面對你們共同經歷過的回憶？

有一個地方叫回憶森林，森林裏廢置着一段段關係裏殘餘的遺物。在森林的正中央，有一棵葉脈正在跳動的大樹。跳動的頻率，就像你心跳的頻率。樹上結着的果實，就是你一段段關係裏剩餘的那一個「結果」。有的是「錯過」，有的是「後悔」，有的是「遺憾」，你的，又是甚麼呢？

我也知道只要誰是較認真的那個，誰就輸了。

但偏偏就是沒法控制自己，沒有花時間去了解自己輸得到底有多嚴重。

於是那段開始破碎的關係，你不修補，就由我來修補。你不想聯絡，就由我來聯絡你。那個近乎是冷暴力的日子，你的冰冷，我報以笑容，就害怕有一天你決定再次熱情起來，但得不到你想要的回應。

然後你變得更冰冷。

我一早知道一段關係完結之後，我們甚麼都不剩。時間浪費，彷彿我們所做的甚麼事情都白費了。浪費了氣力，浪費了眼淚，如果還要不斷發掘這段失敗的愛情裏有甚麼所謂的得着，嗯，那就和普遍的人的說法一樣，是回憶吧。

只是這份回憶有誰會覺得珍貴？

說過要一起種的植物沒有一起種下去了，就由我繼續自己栽種吧。只是看着它，我也不知道是甚麼原因，總是害怕灌溉得不好，它很快就會枯掉。

說過一起開的甜品店，說過要一起去環繞世界的旅行，偏偏促使我一聽到甜品，一聽到旅行的話題，就變得非常敏感。可能曾經有過太美好的幻想，而覺得這個幻想有一天可以實現。

曾經是最珍貴的回憶，突然之間變得不值一提。

就像掏空了所有快樂的分泌，現在甚麼都不剩。

看着這些回憶，我知道，我還是較認真的那一個。

於是，我看着這一幕幕充滿遺憾的回憶，

然後告訴自己，

這些回憶你不保管，

就由我來保管。

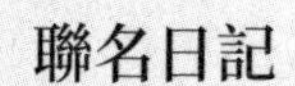

聯名日記

這場回憶最終就像一個迷宮，
為了尋找出路而忘了好好記錄。

我大概只記錄了，
哪個彎這樣拐會比較好，
哪條直路不要走到盡頭。

而忘記了記錄，
哪個陰暗處你最不想走進去，
哪條小巷會讓你哭。

你和那個誰的回憶，是開心的佔多，還是傷感的佔多？要怎樣面對回憶，才不致那麼傷？

和很多人說要開甚麼「聯名戶口」一樣，我們說過要開一本又一本的「聯名日記」。事發的最初構想不是寫一本聯名日記的，而是各自寫一本日記，間歇性交換閱讀，好讓感受得以記錄，也可以讓對方知道自己的心情。

生活交集得越來越多，相處得越來越多，你才提議寫一本「聯名日記」。

只要有事想發表，有甚麼感受，就把它寫在日記裏。

於是這本聯名日記便一段一段地交織着我和你不同的感受。最初我還以為會雜亂無章。但後來才發現，我們每一刻的感受，有雷同，但不屬巧合。

分開後我終於再一次翻閱這一本日記。說真的在分開的最初，還是無法好好面對，這本日記最好被塵封，或被遺忘，也好。但人性可能就是這樣吧，越想遺忘的，就越會記住。以為會塵封的，還是這樣的完整無缺。

我重新翻閱，看到一幕幕最美麗的畫面，最甜蜜的紀錄。

一直揭下去，更新的頻率越來越少，眼淚越來越多。

我曾經以為我們的愛情是無疾而終的。然而當翻開這本日記，我才發現，必須要這麼誠實的面對自己的愛情，我們才會發現，每一個章節，都在反覆論證我們的愛情是如何「有疾而終」。

而當時我們沒有細心了解。

被自己的情緒覆蓋。被自己的情緒帶過。

終於兩顆交集的心，逐漸變得獨立。

獨自哭泣，然後奢望對方看到日記會留意。獨自逛街，然後奢望對方看到會下來陪伴。獨自面對意外，然後奢望對方及早發現，及時想出解決方案。

終於意外沒有被及時阻止，成為並不意外的意外。

為昨日生存

我們好像忘了，
失去是因為曾經擁有，
哭泣是因為曾經愛過。

我們好像忘了
昨日也曾經是今日，
我們曾經也是屬於彼此的。

於是在分開之後，
我們只懂得哭泣。

你有多少次認為這一次愛情必定經得起時間考驗，有多少次認為這一次愛情和以前的都不一樣？

一段愛情裏，我們有多少次浸沒在浪漫的情景？第一次過聖誕節，第一次情人節，我們有多少次認為，那個我們眼前的人，會是最後一個。

在海灘的沙粒上寫上愛你的說話，在夕陽的時份抱着你說這一刻是我們擁有的，在聖誕樹上圍着心形的掛飾。

然後我們終於發現，沙灘無法抵受一次潮汐，多甜蜜的說話，一沖就散。夕陽太短，就像我們的愛情一樣也太短。聖誕樹上的心形飾品，也必然隨着時間，悄然落幕。

而我偏偏還是為着昨日而生存。

有一段日子我還甚至覺得，只要我每天都重複想一遍這些回憶，我根本沒有時間難過，我也根本沒有時間幹生活裏必須要幹的事情，面對生活裏必須要面對的現實層。

可以做到有你的夢更好。

於是我天真地抓緊那些最美好的回憶，天真地將時間逆轉至我們相遇的那一天。

只是越想，越痛。

就像很多止痛藥一樣，

用多了，習慣藥性了，就需要吃更多。

才可以好過一點點，

然後變成

才可以不難過一點點，

最後變成，

才可以不劇痛一點點。

「為昨日生存，夢會做不完，川流不息眷戀。」

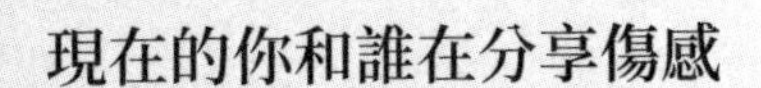

現在的你和誰在分享傷感

森林的拐彎之處有我們曾經一起乘涼的樹蔭，只是如今都已經被冰封。

有時我會在想，
這個世界若然真的有平行宇宙，
現在另一個平行的回憶森林裏，
和你一起乘涼的，是我，還是別人？

我只知道，現在的這個宇宙，
是別人。

最痛的，就是那個人，已經不是你。

由最初曖昧時喜歡在短訊分享心事，到一起時，喜歡在黃昏，喜歡在深夜，就靜靜地坐在彼此的旁邊分享心事。回到家中，你還要在電話裏把今天傷感的事都說一遍。

喜歡看着你眉飛色舞地訴說夢想，喜歡看着你如此驚奇地說着那天那麼幸運地沒有遲到，喜歡聽着你的聲音說昨天做過的噩夢，說夢裏的我常常消失無蹤，說要把我好好懲罰。

會為你委屈的語調落淚，你說不喜歡分析，於是我分擔就好。

你說喜歡我們的情緒都是如此統一，一起快樂，一起傷感。

一起憧憬着將來，一起為生活的殘忍而感到痛楚。

現在呢，我們的心情是否還如此統一？

你會否為着我們的記憶而傷感？

你會否為我們的結果而感到遺憾？

我知道，都不重要了。

通通都不重要了。

反正你要訴說這些傷感的對象，不再是我。

我們的感覺分享到最後，偏偏這段愛情最後的苦果，我們無法好好分享。

知道你的情緒起伏較大，但不容易在很多人面前表露。知道你的情緒需要有宣洩的出口，但難以找到信任的人。

嗯。

我會為你的情緒有訴說對象而感到高興。

只是我還會自私地因為那一個人已經不是我，

而難過。

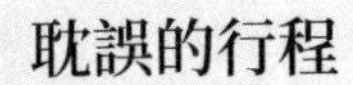

耽誤的行程

原來一個人穿過這個回憶森林，
不會比兩個人一起快。

原來一個人流的眼淚，
不會比兩個人輕鬆。

原來一個人找到的日光，
不會比兩個人的溫暖。

後來我才知道，
耽誤行程的那個，就是自己。

有時候我也不知道，回憶到底在有意無意地耽誤我們的行程，還是充實了我們的生命。

有你的生活，我是如此的充實，我相信你也這樣覺得。

去那些本身可以一個人去的行程，因為多了一個人，變得更開心，更多驚喜，我相信你也這樣覺得。

起碼在最初的時候。

我也知道我們的最初開心比不開心多很多很多很多，因此才這麼肆無忌憚地要求對方陪伴，因為有對方，就快樂。一起在雨天撐傘去買午餐，我說我渾身濕透了，但笑着。一起在會令皮膚變得容易焦黑的陽光下，去愉景灣暢遊，你說你皮膚黑了，但笑着。

我們都笑着，在最初的時候。

是甚麼讓我們的步伐開始變得不一致，竟然還埋怨對方耽誤了行程。是甚麼讓我們的感覺開始變得不一致，你哭的時候我並沒有哭，我笑的時候你並沒有笑。

是甚麼讓我們終於感到耽誤，然後因為耽誤而感到力有不逮。

終於我們還是因為力有不逮而分開。

只是我沒有想到，分開以後的那些回憶，比那些力有不逮的日子還要重很多很多。

我想起一起在雨天撐傘去買午餐，我說我渾身濕透了，然後你笑着逗我開心，讚我把傘子都向你那邊遮住。

然後我便哭了。

我想起那天我們在會令皮膚變得容易焦黑的陽光下，去愉景灣暢遊，你說你皮膚黑了，然後笑着叫我承包你的護膚費用。

然後我便哭了。

是的，通通都太沉重了。

通通都讓我哭了。

你有多少次為回憶而哭着？你有多少次承受不住回憶的重量？

那些會讓你哭的回憶，就是你生命裏最值得體驗的事物。那時候越開心的，現在就越難過。後來我終於發現我們應該為那些存在過的回憶而感到慶幸，因為並不是有很多人可以遇到那些令自己哭着的回憶。

我們都僥倖。

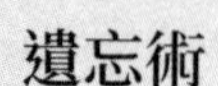

在最後我還想要確保的是：

在我放下你之前，
你最好先把我放下。

在我忘記了之前，
你最好先把我忘掉。

起碼我知道這樣的痛苦不會纏繞着你。

只是我無法證實了。

某些日子你最想學到的，是遺忘。

忘了某個睡覺的姿勢，你說可以輕易進入夢鄉。忘了哪個在市集買回來的水晶蜻蜓，你說在日光之下看着它，可以讓煩惱全消。也許我還必須要遺忘，紀念日的日子，以前紀念日你送過的東西，你的生日，我們的旅行。

最好可以忘記，那次旅行裏，你流過的眼淚。

最好可以忘記，你喜歡的 Triangel，你說這個公仔象徵的緣分。

最好可以忘記我們一起買的那個氣球，你不小心放手，讓它飄揚在天空的某一個角落。而我們同時認為，它最終沒有爆破，就一直停留在天空的某一個角落，等我們前往。

最好可以忘記每次爭吵的時份，我沒有及時安慰你的時光。

最好可以忘記每次你想說清楚，我還是想這樣逃避過去。

最好可以忘記你的忍耐力，最好可以忘記你每次強顏歡笑，還要逗我開心的日子。

如果可以施展法術，我最希望擁有的，是遺忘術。

但如果這個法術只有我和你其中一個人可以擁有，我最希望的，反而是你早點將我忘掉。

忘記那些傷害，忘記那些痛着過的日子。

到時候也許也讓我認叻一次，讓我裝作很了解你多一次，因為我知道你的性情，你是不能這麼容易忘記的。

因為你曾經說過，越想忘記，你就越會記起。

你說過你這一生有太多的痛楚，都總是無法忘記。

我說過每次你想起痛楚，我都會在旁陪着你。

只是最後，我成為了你痛楚的一部分。

因此我希望施展的遺忘術，是你及時把我忘記。

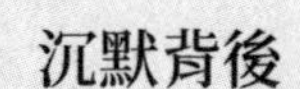

沉默背後

有人說沉默是金，
我說沉默是痛。

有人說沉默可以讓對方輕鬆一點，
但我說這樣沉默你會難受。

你說沉默的難受不比分開的難受深。
我就知道，你是一個曾經穿過深淵的人。

你的沉默與忍耐，到底是經歷過多少痛楚才煉成？

有些人選擇與回憶共存，有些人拚命掙扎脫離回憶；但無論如何，共同的重點都是，我們都因為經歷過的回憶而有所改變。

開心的，會讓我們改變。

痛的，也讓我們改變。

那些我最掙扎生存的日子，慶幸都有你在旁邊。你哭着織的手繩，你哭着為我們拍下的合照，你哭着為我們製造的回憶，我通通都記得。

後來我才回想，是甚麼造就了你這樣的堅強。於是我試圖串連你給我說過的所有故事，所有你自幼開始發生過的事，我才知道，你和我一起，一直也太辛苦了。

也許必須要抽離才會開始明白對方的讓步，其實是何等的不容易。對方的讓步，其實並不是奉旨。曾經因為對方很愛自己，我們就肆無忌憚地需索，肆無忌憚地「做自己」。及後才會明白有些傷害，無法挽回。當對方的痛比愛大，就會一聲不響地離開。

對方最沉默的離開，往往源自於對方內心長期的劇痛。

還怎麼好意思再以朋友名義打攪對方的生活。

一段關係的最後，你是爭吵，還是沉默？

有多少人明白你這麼懂得待人處事，這麼容易遷就對方的背後，曾經經歷過甚麼？你的沉默，你的忍耐力，是多少歷練施加在你身上之後你才被迫學懂？

於是你逐漸擅長笑着，逐漸忘掉自己，只替對方着想。

別人說你這樣就是成熟，並這樣讚嘆着你。

你笑着，然後一聲不語看着他們笑着。

而這刻的我，卻為你曾經所經歷的，感到心痛。

在最快樂的那段時光，
你說過你害怕這種快樂會消失。

在最傷感的那段時光，
你希望這種傷感會快點消失。

時間證明了你的擔憂是對的。
但同時時間沒有成全你任何一件事。

你跟多少人說過，你現在還未適合拍拖？

你說你還未放得下上一個，你說你現在還有很多東西要學，你說你現在很忙沒時間拍拖。

大概最真實的原因，是因為經歷過太多的失望。你以為這次會好，但最後失敗了。你以為這次選對了人，但最後選錯了。

你以為。

但最後。

於是你跟自己說，現在的你還未適合拍拖。但實情是，你不想再失望了。

是的，過去珍貴的事情正在纏繞着你。是的，對上一個的牽掛還在纏繞着你。是的，你很容易就會想起上一個對你的好。

但你也會想起上一個對你的壞。

並不是說你放不下，只是因為你曾經下過那麼大的決心，曾經那麼的認真，曾經那麼決心地認為那一個會是最後一個，才讓你不想再開始下一個。

是的，時間流逝，也許你會同時擔心以後你再不會遇上一個對的人，以後的你會孤獨一人。於是遇上一個就再一次開始。

很想跟你說，將來你一定會遇上一個你愛的人，再一次開始。

將來你一定會遇上另一個令你有信心的人。

但當情感還未適應，就不要那麼急了。在開始下一個之前，你也要有足夠的心理準備，就是這一個，也可能也會是錯誤的一個。

未準備好，就不要開始。

先好好和自己相處。先好好感受一個人的自由。先好好沉澱以往的情感所帶給你的東西。有甚麼事你想要的，甚麼事你不想要的。先好好沉澱清楚。

不急的，不需要逼自己。

我陪你慢慢等。

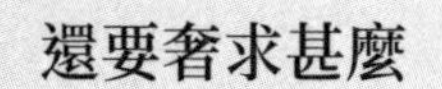

沒有更溫暖的擁抱，
沒有更甜的甜品。

沒有更高低跌宕的情感，
沒有更值得珍惜的人。

很久以後我問自己還要奢求甚麼，
我說我唯一奢求的，是可以及早發現：
那個最值得珍惜的人，曾經在身邊。

但如果你真的有點急，也必須要學會幾樣事情。知道你和以前的人經歷過很多，因此你也急於想追回這些時間。

不要因為急於再次攀過那個高峰，而忘記了擁抱。

不要急於再次經歷以往的甜蜜，而忘記了停下來細細品嚐。

和另一個人走進以前經常和以前那個去的甜品店，就算你之前是點了那一款甜品，你也要記住，味道可以不一樣，你不必要抱住尋回以前那種味道的心態去品嚐。

那樣的生活，才值得嘛。

你的人生很長，值得成為回憶的事情有很多。那些痛苦的記憶已經成為了你的回憶，就不急於在下一個身上將這個形勢逆轉。去到最後我們會發現我們人生所遺下的，就是那些喜怒哀樂的回憶。

就算哀傷最終佔多一點，這個也是你啊。你仍然是那個獨一無二的，最珍貴的存在。只是那個你看起來，心境好像滄桑了一點，但放心，外表看不出來的，你仍然是那麼的美。

回憶的森林就算沒有光，我們也要細心看清楚裏面曾經出現過的葉脈。就算裏面都是痛楚的脈搏，我們也要記着它曾經溫柔的存在。

想起那些曾經很溫柔的目光。

想起那些曾經很溫柔的語調。

想起你曾經最認真。

想起你曾經對我的擔心。

想起那些曾經無法自制的笑容，想起曾經那些喧囂狂叫。過山車上的驚嚇有你牽住我的手，最高的山峰上有你陪伴着那個快要窒息的我。

那個曾經是世界上最幸運的我，

還要奢求甚麼？

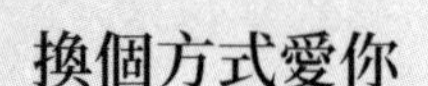

到最終我們也沒有找到一個最對的方式愛着彼此。

於是這份回憶就成了遺憾。
結在回憶森林的大樹上，成為一顆顆果實。

於是以後我每次經過這棵大樹，
這些果實都會提醒着我，
也許愛着彼此最對的方式，
只能出現在分開之後。

有沒有一些人，你很愛，但無法一起下去？

若然要再選擇一次，明知最終將會走進回憶的泥沼，我還是會選擇再愛一次。

你呢？

明知有些人很愛，但最終無法走下去。若然再選擇一次，我還是會願意讓這些經歷得以成為我最珍貴的回憶。

以後淪陷的日子，就留在以後才承受吧。

你出現過的每個早上醒來的時份，你晚上準備好的晚餐，你突如其來會製造的驚喜，通通都提高了我以後對愛的指標。

都不緊要了，以後愛不到就愛不到吧。

反正我擁有過世界上最珍貴的東西。

儘管我也感受過這個世界上最疼痛的感覺。

我知道這樣的回憶還是會牽絆着我。一直一直地，牽絆着我。都不緊要了，也許就在某些沒有人的時份，就讓我孤獨一個人，悄悄地把你再想一遍又一遍，悄悄地愛你一遍又一遍。

別人會說我很無聊。

Ok，那又怎樣。

「若隔開天共地，換個方式愛你。

長夜流過，從頭在記憶中，碰上你。」

半結冰的湖泊上出現藍色的眼淚精靈 | Three

穿過了森林，我也以為自己終於穿過了所有回憶，
走進籬笆旁邊的花圃，
那些芒草形狀的葉和溫柔的花，竟然全部帶刺。

我走過去，身體都被刮傷。
我並沒有驚訝，反正一直負傷而行。
也許你並不知道，你走之後我的皮膚開始變得敏感，
像我也開始日漸敏感的情緒一樣，總是無緣無故的反反覆覆，
微風吹過也會讓我的心隱隱作痛，
痛楚很隨機，但唯一的共通點是，
每次痛的時候，都正在想起你。

我走向湖泊，是一片敞大的藍色。
半結的冰，反射天空的閃閃藍光。
傳說這個湖結集着所有人的眼淚，
只要剛巧有個人在這個湖泊留下流淚，
湖面就會出現一隻隻淺藍色的小精靈。
充滿好奇心的我便立即落淚，
嗯，反正眼淚還有很多，
嗯，在這個早已結冰的城市，
終於有個藉口肆無忌憚地流淚。

然後精靈便出現了，
泛起最隨性的漣漪，
彷彿還打擾其他人的眼淚精靈。
很多的精靈都蘇醒了，它們看着這個剛歷情傷的我，
我也看着一個個代表着不同的人的情感的眼淚精靈，

它們都彷彿煞有介事地告誡着我：
下定決心，不要再打擾別人，
千萬不要再當朋友，
刪走所有短訊，
拋棄所有紀念品，
千萬要記住，我和她，早已各不相欠。
並告訴我，這是醫治心痛捷徑的方法。

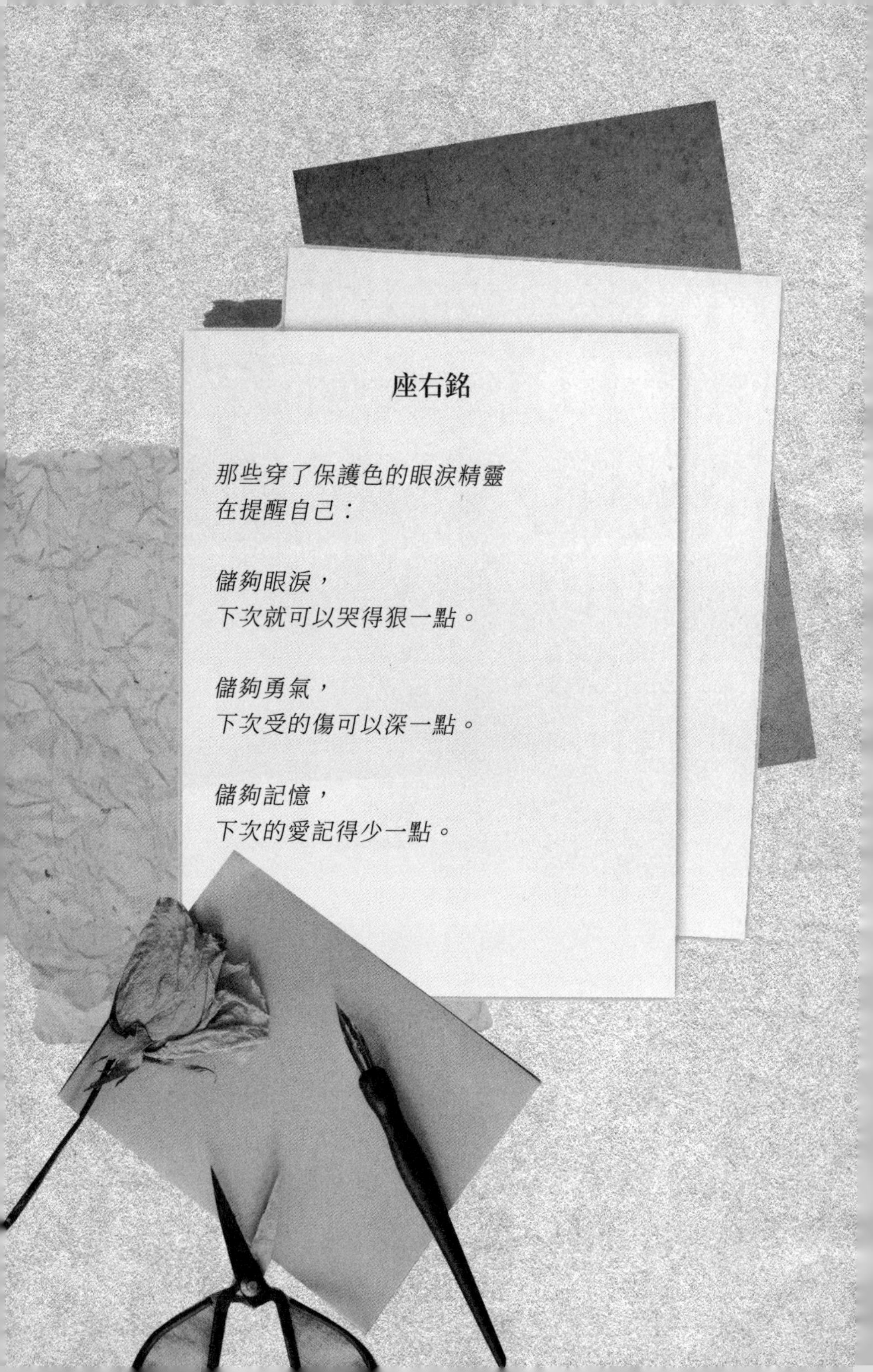

座右銘

那些穿了保護色的眼淚精靈
在提醒自己：

儲夠眼淚，
下次就可以哭得狠一點。

儲夠勇氣，
下次受的傷可以深一點。

儲夠記憶，
下次的愛記得少一點。

你有甚麼反覆告誡自己的座右銘？

在不同階段的愛情裏我們都有給自己的座右銘。有多少是出於內心最真確的感受，有多少是出於一時意氣，又有多少，是給自己的保護色？

告訴自己，忍住自己的傷，千萬不要讓他知道。告訴自己，那些仍然深愛着的感覺，千萬不要讓他知道。要反覆洗腦式地告訴自己，所有掛念，所有牽掛，通通通通都不要讓他知道。

下定決心，以後自己一個過就好。

千萬不要讓他知道，那些他給我自己的快樂，是人生中最快樂的日子，以後不會有人可以輕易取代。

若然還未夠狠，就提醒自己，那段被困在情緒裏的日子，那些不斷地遷就着對方的日子，自己已經受夠。儘管很愛對方，儘管他所給的快樂和興奮有很多，但自己還是想獲得一點自由。

以後自己一個，可以很快樂，很自由，也好。

儲夠勇氣，自己一個也可以很好。

儲夠眼淚，就可以再過多幾個孤獨的晚上。

儲夠座右銘，就可以在那些輾轉反側的晚上，安然地渡過。

儲夠了足夠多的傷害，就可以穿起自己的保護色，遇見愛，以後懂得小心一點。

若然世界迫使你把自己最真實的一面呈現，那我就想告訴你，穿上保護色從來都沒有錯，自我安慰從來都沒有錯，那些似是而非的座右銘從來都沒有錯。

愛情，不談道理。就像情緒一樣，從來沒有向我們談過道理。

找到了應對情緒的方法，哪怕是捷徑，哪怕沒有道理，哪怕是似是而非，在最脆弱的時候好好保護自己的內心就好，好好渡過那些晚上，

就好好。

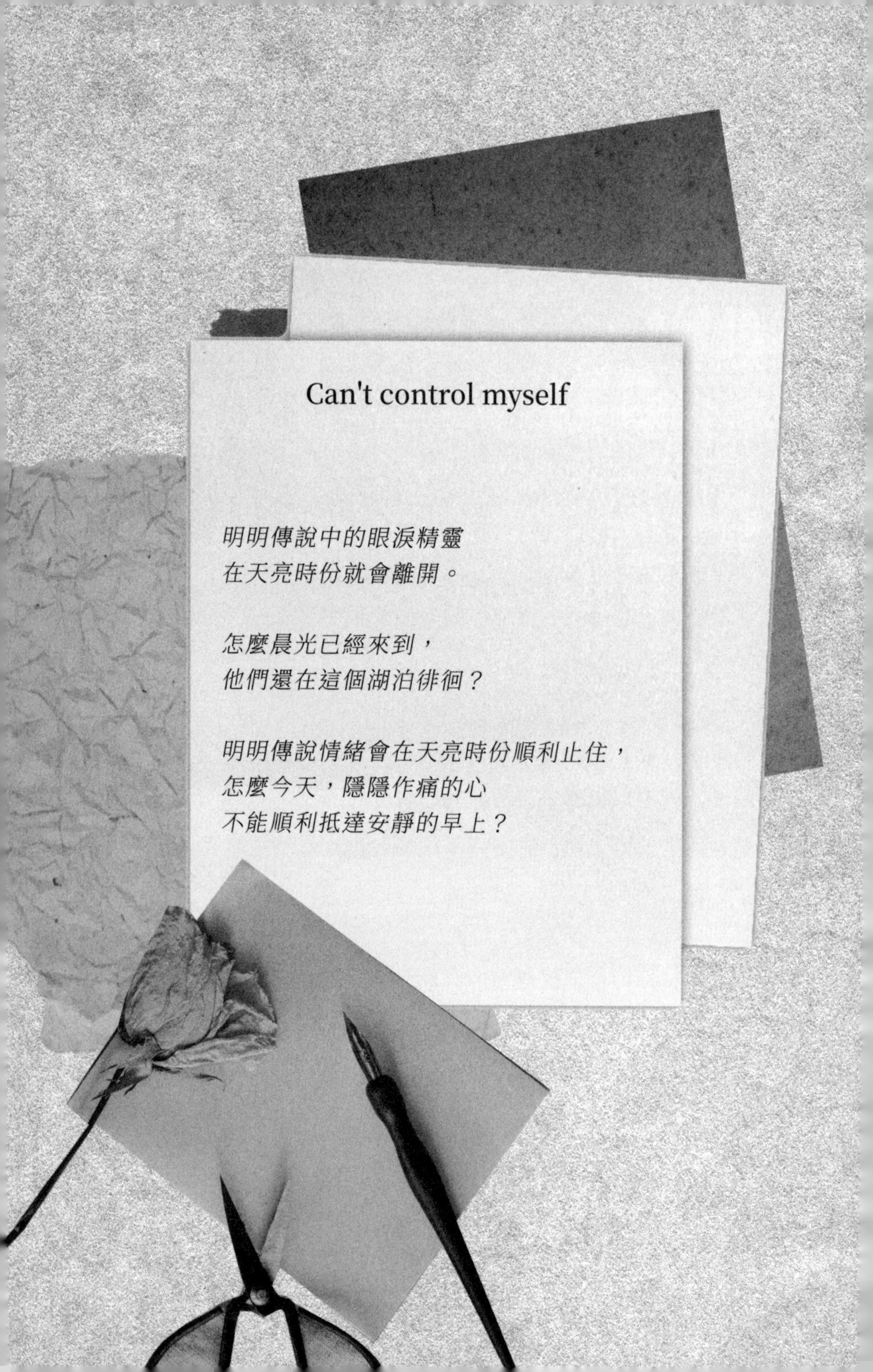

Can't control myself

明明傳說中的眼淚精靈
在天亮時份就會離開。

怎麼晨光已經來到，
他們還在這個湖泊徘徊？

明明傳說情緒會在天亮時份順利止住，
怎麼今天，隱隱作痛的心
不能順利抵達安靜的早上？

有多少個晚上，你嘗試用理智去壓制自己的情緒？然後又有多少個晚上，失敗而回？

分開以後就此各不相欠，這個道理我懂。

最狠的說話不必介懷，這個道理我也懂。

祝願對方以後遇到一個更好的人，有更合適的性格，過更好的生活。明知和你性格不合，明知勉強下去絕無幸福，明知勉強下去只會蹉跎彼此的歲月。

這些道理我也懂。

但控制不到也真的沒有辦法啊。

說真的那一段時間我做了無數的心理建設，好讓自己足夠面對一天的工作量，面對足夠的目光，可以足夠假地用歡愉的心情面對別人。但原來這些所謂理性的心理建設，所帶來的副作用，就是在晚上會推翻自己的這些建設，將自己陷入一個更深的深淵。

說好的理性呢？

說好的對對方的祝福呢？

說好的不要勉強呢？

但我更記得說好過要努力為對方做得更好，要為彼此的幸福着想，要踏遍歐洲的每一個城鎮，要開一間甜品店，要養一隻狗，或者一隻貓，要偶爾給對方驚喜。

我就不可以因為那些而不快樂？

我知道不可以。

但我控制不到。

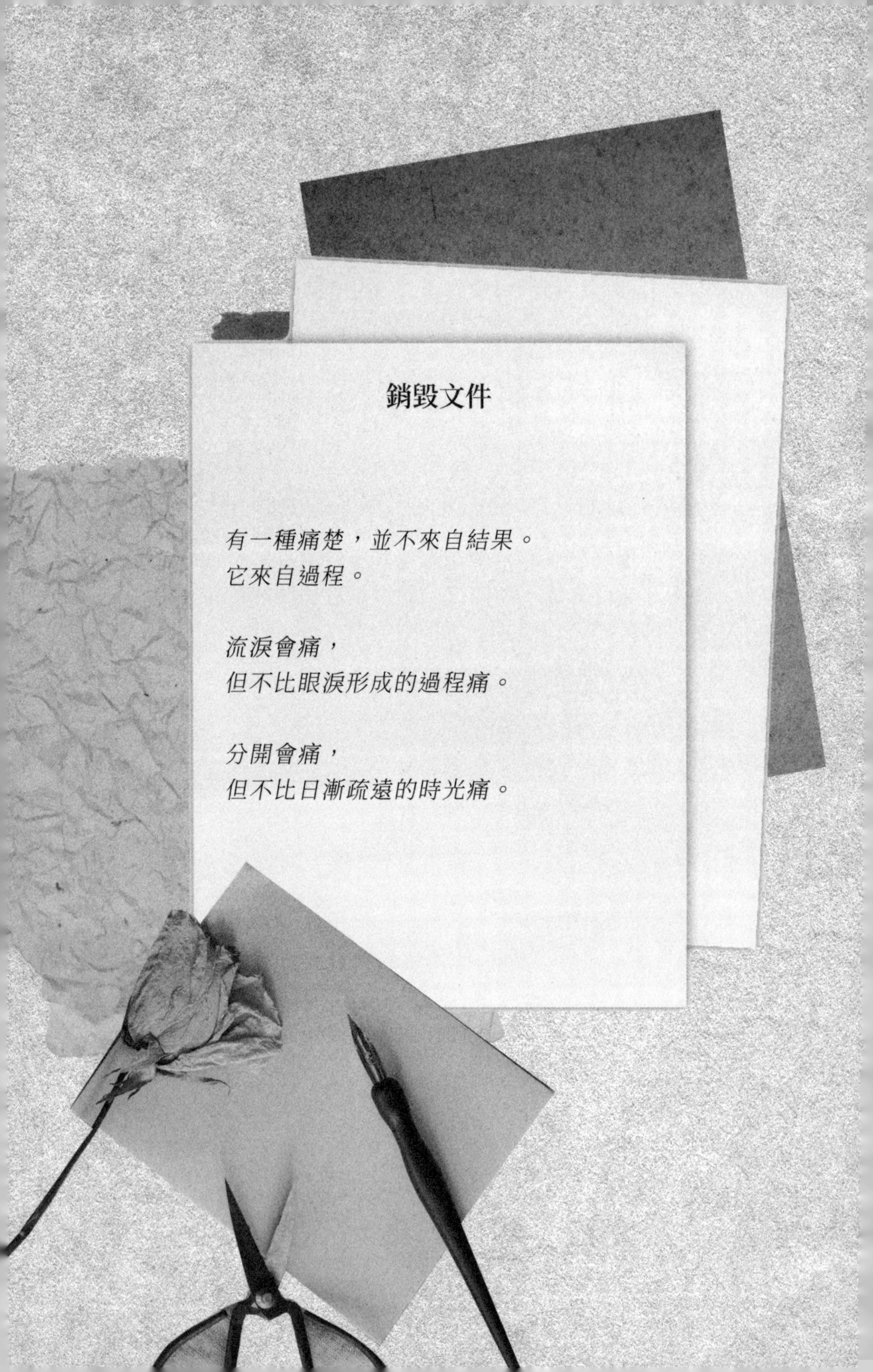

銷毀文件

有一種痛楚，並不來自結果。
它來自過程。

流淚會痛，
但不比眼淚形成的過程痛。

分開會痛，
但不比日漸疏遠的時光痛。

看着那些短訊，那些禮物，你猶豫了多久？

很多人說，分開以後，最好刪掉那些訊息，銷毀那些禮物。

我看着這些短訊。

看着這些禮物。

我也不知道為何會如此留戀這些短訊。到底是因為我們當時都很開心，還是因為鋪滿了懷舊的味道，而令自己更加難以狠心。

我還是真的很怕自己由喜歡一個人，逐漸變成喜歡思念一個人。由為他製造小驚喜，到懷念他給過的驚喜。

我也很怕當看這些短訊的時候，看見你的主動，逐漸變成我的主動，逐漸我們都不主動了。

我又應該刪掉你的聯絡嗎？

會不會有一天，自己很想聯絡你的時候，發現早已失去了你的資料。但奇怪嗎？我就是要制止自己日後再有尋找你的衝動。

在決定聽很多人的說話，做所謂「最主流」的分手動作，把甚麼都刪掉，把甚麼都拋棄時，我還是停手了。

就恕我無法狠心。

就恕我留有一手。

就讓我明知自己後來會犯賤得在最痛楚的時候再一次打開你的短訊回顧，就把這些後遺症都放在那個時刻。

就當我膚淺。

就當我感情用事。

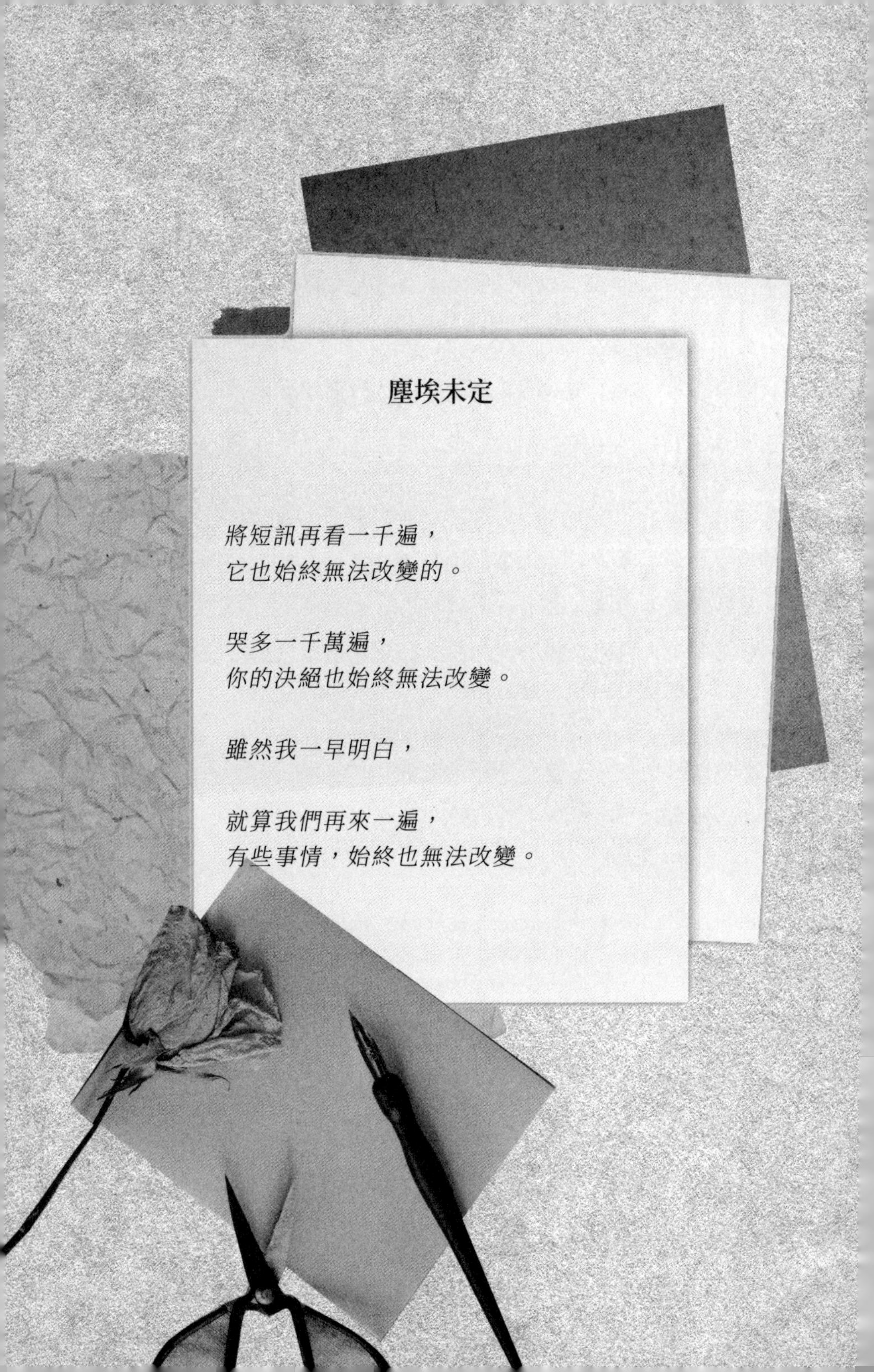

塵埃未定

將短訊再看一千遍，
它也始終無法改變的。

哭多一千萬遍，
你的決絕也始終無法改變。

雖然我一早明白，

就算我們再來一遍，
有些事情，始終也無法改變。

你有多少次因為這些遺物而落淚？

於是，果然，在某個沒有人打擾的時份，我就再一次把短訊打開了。

我以為我只會因為懷念而落淚，只是始料不及地，出現更加反覆的情緒。

如果那一個短訊，我傳得好一點，你的回應會不會就不那麼敷衍？

如果那句早安，我回得早一點，會不會你以後仍然會跟我說早安？

我把所有錯誤的短訊都重新唸一遍，看完又看，後悔完又後悔，和平時看電影一樣，我總以為再看多一次，結局就會逆轉。

那份禮物，如果我再挑選得好一點，你會不會喜歡多一點？那份禮物，如果我收到的時候的表情再驚喜一點，你會不會仍然喜歡給我驚喜？

天亮了，我知道是時候要睡覺。

會不會眼睛再模糊一點，就會看到不一樣的結果？

我不會告訴別人。

因為別人都會說我浪費時間。

浪費時間去詮釋塵埃落定的結局。浪費時間去懷緬無法逆轉的真相。

都拋棄掉了不就好嗎？

我說，

我喜歡。

我又沒有打擾別人。

我又沒有幹壞事。

我的時間，用來流淚也很充實。

都一個人了，就讓我任性多一會兒，好嗎？

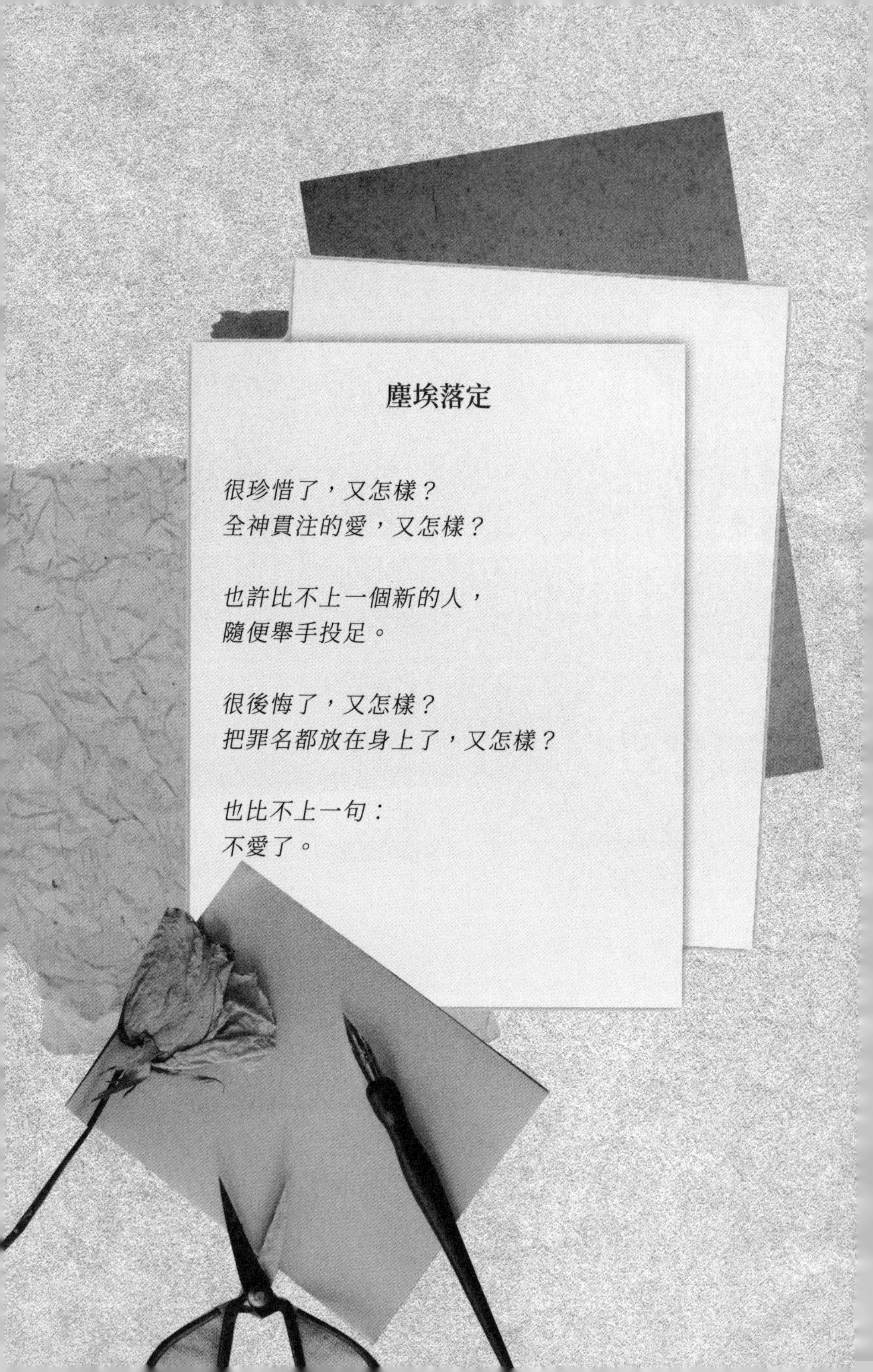

塵埃落定

很珍惜了，又怎樣？
全神貫注的愛，又怎樣？

也許比不上一個新的人，
隨便舉手投足。

很後悔了，又怎樣？
把罪名都放在身上了，又怎樣？

也比不上一句：
不愛了。

當你看見你還喜歡的人，和別人一起了，你的感覺是怎樣？

終於，你和別人一起了。

終於，我也有人接近了。

不知你和那個誰傳短訊時的心情是怎樣呢？他問我，為甚麼你有這麼多 sticker，那個銀包是在哪裏買的？他問我，還保留和你的相片嗎？

你呢？你的都有保存嗎？

除了支吾以對我也沒有確實的回答。

反正我通通都不會拋棄。

我不會因為那是你傳給我的 sticker，就把它刪掉。我不會因為那是和你的合照，就把它刪掉。因為我太清楚，你給過我的，絕不止這些。

我還殘存着很多你的影子。

你讓我知道酒不要喝太多，六七分就要停了。你讓我知道千萬不要捱通宵，不然多睡幾晚都不會補回精神。

你也讓我知道，愛一個人，七分就夠了。

別愛太深。

你也讓我知道，不愛就不愛，

別博同情。

有時候最痛的，是你看見喜歡的人，終於和別人一起了。在塵埃落定的日子，你帶着他帶給你的改變，是放鬆了，還是更卑微了？

怎樣都好了，那些無法改變的改變，都帶着向前走就好了。

說不定將來會有另一個人，再一次改變自己。

說不定將來會有另一些人，會告訴你那些改變，已經是最好的改變。

既然無法斷定，躺平就好了，反正你可能還要花心力面對自己未定的情緒。

旅行

最初是：
望着遠處的星光，
我以為光可以帶領我們走到盡頭。

最終呢？

看着越走越遠的你，
我以為模糊了的視線可以讓我把你忘掉。

「無法忘記你。」
就是我的終點。

你和他去過怎麼樣的旅行？

由最初的愉景灣，到最後的歐洲。你曾經對我說，去哪裏都不重要，最重要是面前的人是我和你。

那時候我並不明白。去長洲吃芒果腸粉怎會比去英國吃下午茶好？我以為我們去不同的地方，經歷不同的事，我們的感情才會保鮮。我們的關係才會充實。我們對對方才會逐漸變得重要。

嗯，後來我明白了。

我明白我們的旅行最終遠不過歐洲。我曾經以為我們可以直達彼岸，直到永遠。後來我才知道我怎麼沒有珍惜過每一刻你就在旁邊的日子。可能是某個公園，某個海濱，最重要的不是那個日落有多美，而是你跟我說的耳語，你跟我說的夢想，那些我沒有細心聽過的秘密，現在不要奢想可以知道。

我還是要面對這個半結冰的湖泊。

然後獨自落淚。

我多麼想曾經的那個我是如此細心的聽你每一句說話。再美的風景，再鮮艷的街燈我都不想看了。再熱鬧的酒吧，再喧囂的聖誕氣氛，我都不需要了。

我看着面前的眼淚精靈，它彷彿就在告訴我，它出現的真正原因。

它說，不重要的，都放下吧。

我卻知道，那些仍然殘留在我身邊的，那些所謂短訊，所謂物品，其實一點都不重要。

因為那些最重要的，我沒有從那段相處之中拿走。

你的聲音，我沒有拿走。

你的用心，我沒有拿走。

你傷感的往事，我沒有好好拿走。

你的秘密，你的抱怨，你的歡喜，我通通通通沒有用心拿走。

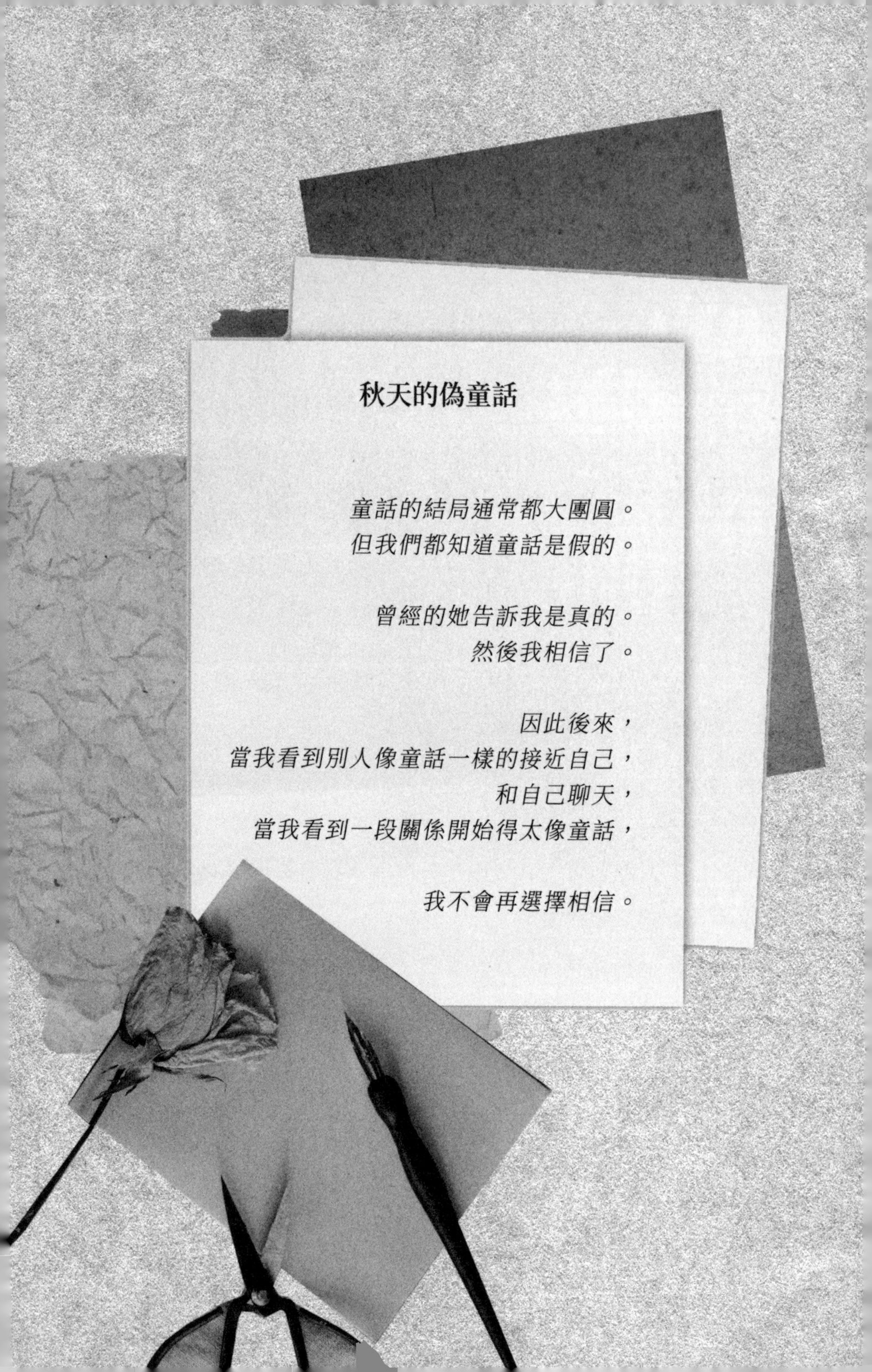

秋天的偽童話

童話的結局通常都大團圓。
但我們都知道童話是假的。

曾經的她告訴我是真的。
然後我相信了。

因此後來，
當我看到別人像童話一樣的接近自己，
和自己聊天，
當我看到一段關係開始得太像童話，

我不會再選擇相信。

哪一個是屬於你的戀愛季節？

我跟你說，我要和你過最浪漫的秋天。

你說，就算你也喜歡看韓劇，也深明韓劇的情節是假的。

我說，我們要像他們一樣吃炸雞，在冬天互相擁抱，說不定還有一些英雄救美的情節，我可以為你做。最好我們還要走進同一間公司，社內相親，讓旁人羨慕一下也好。

然後的確，在秋天，我們都做了比較浪漫的事。

只是這些浪漫的事，好像沒有甚麼靈魂。

然後的確，我們也像很多在IG曬恩愛的情侶一樣，去最熱門的餐廳，去最熱門的景點，哪裏的楓葉最美，我們就去拍照，哪裏的珍珠奶茶最值得打卡，我們就出發去喝。

最後我們竟然好像擁有了這個資本主義社會想我們擁有的。打卡照片，打卡餐廳，打卡的旅遊熱點，好像還有一些打卡的熱門pose。

都擁有了，為甚麼最後失去了彼此。

都擁有了，為甚麼再翻閱一次，我竟然無法好好感受當時我們的心情。

餘下的，就只有若有所失。

戀愛，不要被季節定義。

戀愛，不要被劇情定義。

若然你遇到你覺得最值得珍惜的戀愛，

用心愛着，

就在今天。

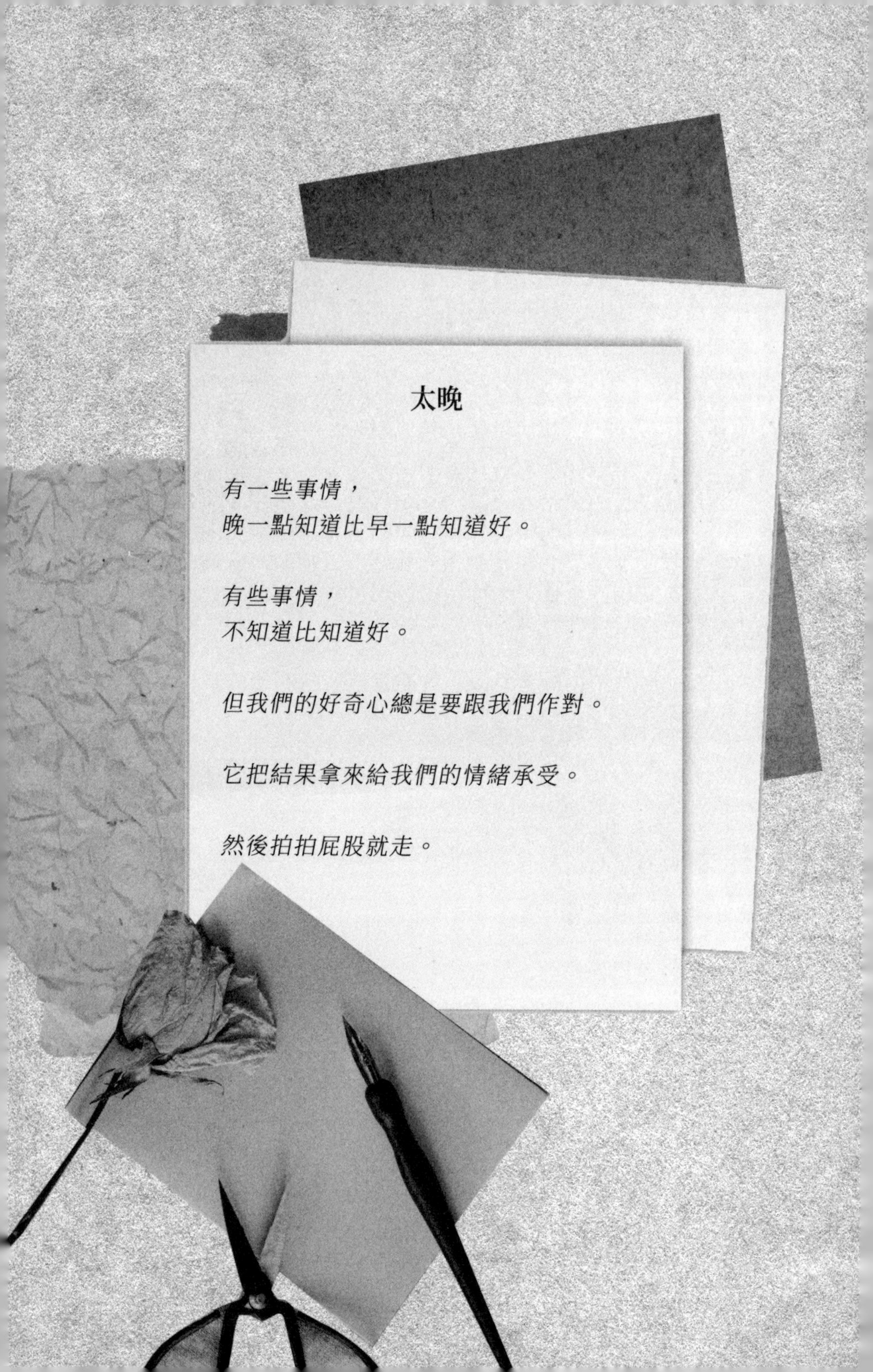
太晚
有一些事情，
晚一點知道比早一點知道好。
有些事情，
不知道比知道好。
但我們的好奇心總是要跟我們作對。
它把結果拿來給我們的情緒承受。
然後拍拍屁股就走。

有甚麼事情，有甚麼心事，你會在事後才發現？

有些日子，我以為我很懂你。

直到分開的那一刻，我才知道，原來一直不了解你。

原來你不喜歡甜，原來你不喜歡冬天，原來你不喜歡傾電話，原來你不喜歡早晚發短訊。原來你需要很多私人時間，原來你喜歡和朋友出去玩。

我一直以為是你變了。

原來你一直都是如此。

這樣也好，最少你往後自由了。

只是分開之後，我忘記了自己的嗜好。

我慢慢喜歡喝朱古力，慢慢喜歡打遊戲機，慢慢喜歡日文歌，慢慢喜歡四處逛。

我慢慢喜歡甜，慢慢喜歡冬天，慢慢喜歡傾電話，慢慢喜歡早晚發短訊，慢慢喜歡很多的相處時光，慢慢不喜歡和朋友出去玩。

因果都不重要了。

誰對誰錯都不重要了。

有時候我會想，會不會早一點知道，我就不這麼改變自己，我就拒絕把這些成為自己的習慣。

都不重要了。

反正我知道，當時的我始終不會抗拒，也無法抗拒。

反正我知道，

當時的我太愛了。

愛你比愛我自己多太多太多。

因此這些習慣，我打包就拿走。不要問我有沒有下過單。

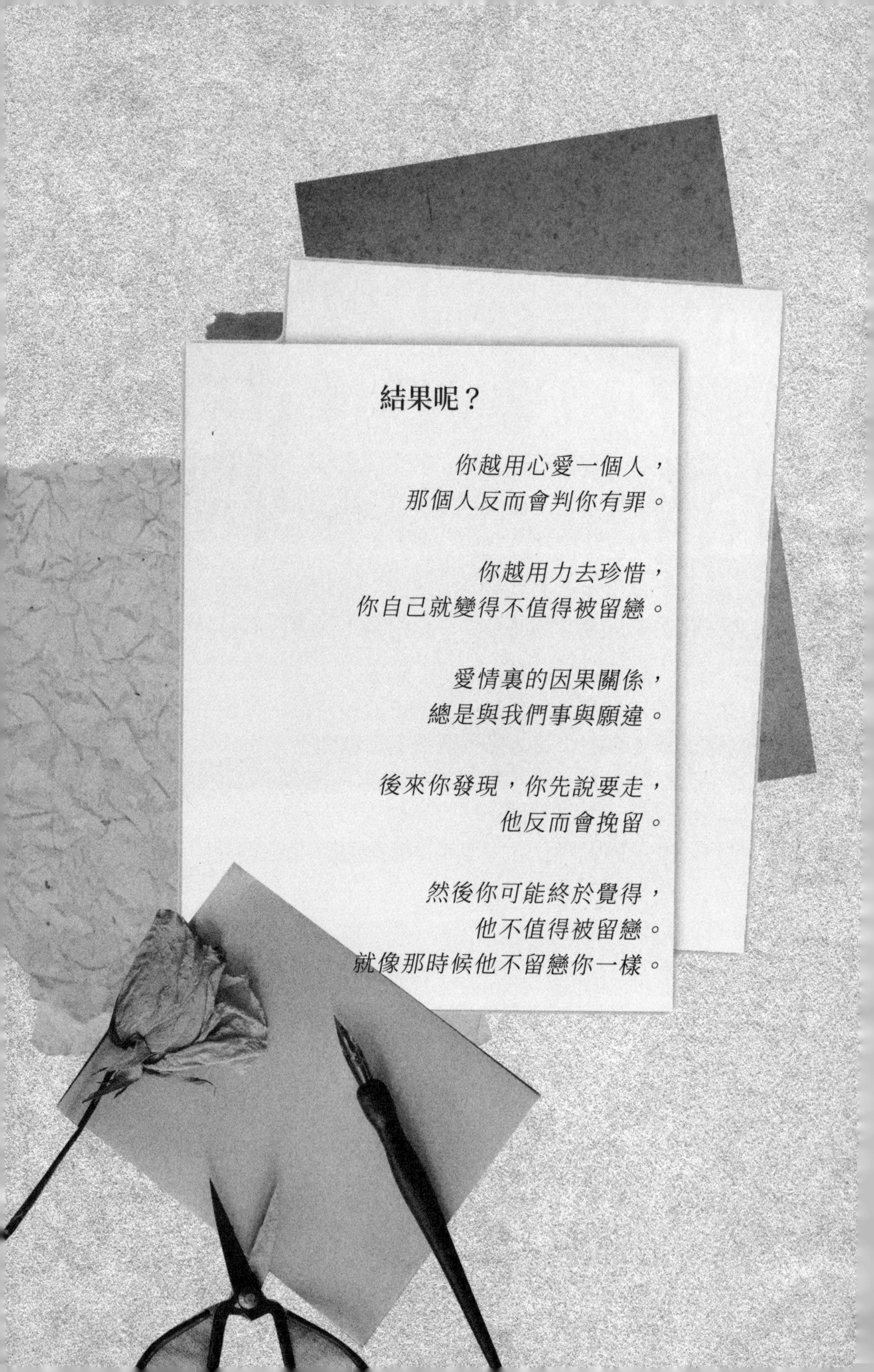
結果呢？
你越用心愛一個人，
那個人反而會判你有罪。
你越用力去珍惜，
你自己就變得不值得被留戀。
愛情裏的因果關係，
總是與我們事與願違。
後來你發現，你先說要走，
他反而會挽留。
然後你可能終於覺得，
他不值得被留戀。
就像那時候他不留戀你一樣。

那些逐漸疏遠的日子，你是怎樣過的？

你疏遠一點，以為我不知道。你再疏遠一點，仍然以為我不知道。

但就算知道了，又怎樣？

有一種愛情定律彷彿就是，誰先決定要疏遠，誰的痛楚就較少。於是我應該比較痛。

那些逐漸疏遠的痕跡，終於也在分手之後一目了然。只有重新審視這一段關係，只有在理性一點的時間，才可以好好發現到那些疏遠的目的，或者過程。

不知道你是怎樣過那些疏遠的日子呢？

你覺得痛楚但由它算，還是強行要把大家的距離拉近一點？還是你覺得用愛可以讓他想疏遠的心慢慢被感化？還是你覺得自己還有時間可以好好重新建立這段關係？

我們都知道一段關係需要雙方經營。

不是誰先決定疏遠，誰就贏了。

也不是你用愛始終也無法重新建立這段關係，就代表你犯了錯。

最有可能的，只是你是那個比較不狠心的那位。

只是你甘心承受所有委屈，也甘於接受所有的罪名。

很想跟你說，你太累了。

我無法想像你如何渡過那些日子，但我很想你知道，你需要好好的休息。

而非繼續批判自己的錯處。

而非繼續後悔自己有甚麼地方可以做得更好。

知道這種心態很難調整，但我會一直提你。

直到你可以。

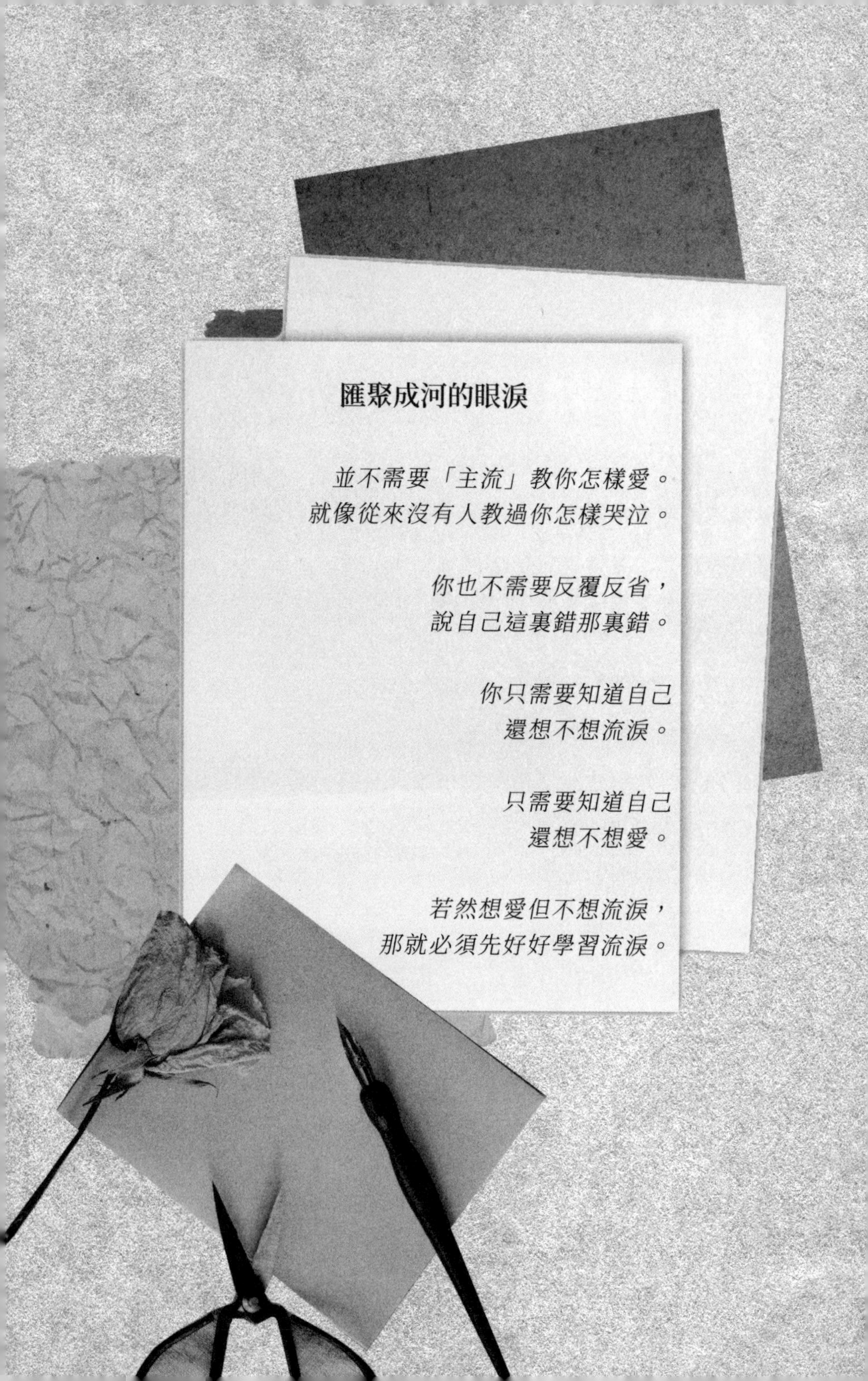

匯聚成河的眼淚

並不需要「主流」教你怎樣愛。
就像從來沒有人教過你怎樣哭泣。

你也不需要反覆反省，
說自己這裏錯那裏錯。

你只需要知道自己
還想不想流淚。

只需要知道自己
還想不想愛。

若然想愛但不想流淚，
那就必須先好好學習流淚。

匯聚成河的眼淚，彷彿成為一種愛情的主流。

是甚麼聲音告訴我們分開就要分得狠，分開就要分得最決絕。是甚麼聲音告訴我們這樣就不會受傷，是甚麼聲音告訴我們自己不應該受傷。

也許是這個世界上的人所經歷過的痛楚，然後化為各種各樣的價值觀。我們一不小心，就相信了，就照做了。

愛情裏，沒有最正確的價值觀。

療傷的旅程裏，也沒有必然正確的方法。

不要受傷，不要等太久，下一個會更好，你值得更好，這些是不是就是我們最需要的急救藥？

如果是的話，就快點吞下去。

若然你承受到這些的副作用的話， 就快點吞下去。

否則，我們有必要好好知道，我們只需要好好面對自己的眼淚精靈，並不需要和其他人的眼淚精靈交代。

沒有一個人可以完全感受和明白你的痛。

也許你這刻的自己，而家未必可以好好分得清楚。

若然受傷，就接受自己已經受傷。

若然痛，就好好感受痛。

下一個會更好，未到的，就好好等待。

很想你知道，當我們越長越大，所感受到的傷感的靈敏度就會越來越少。因此，趁我們仍然可以好好感受傷感，仍然會因為分開而感到痛楚，就好好接受這些是我們成長的一部分。

眼淚精靈，會陪着我們一起成長。

這位精靈會出現得越來越少，所以我們應該更珍惜它。

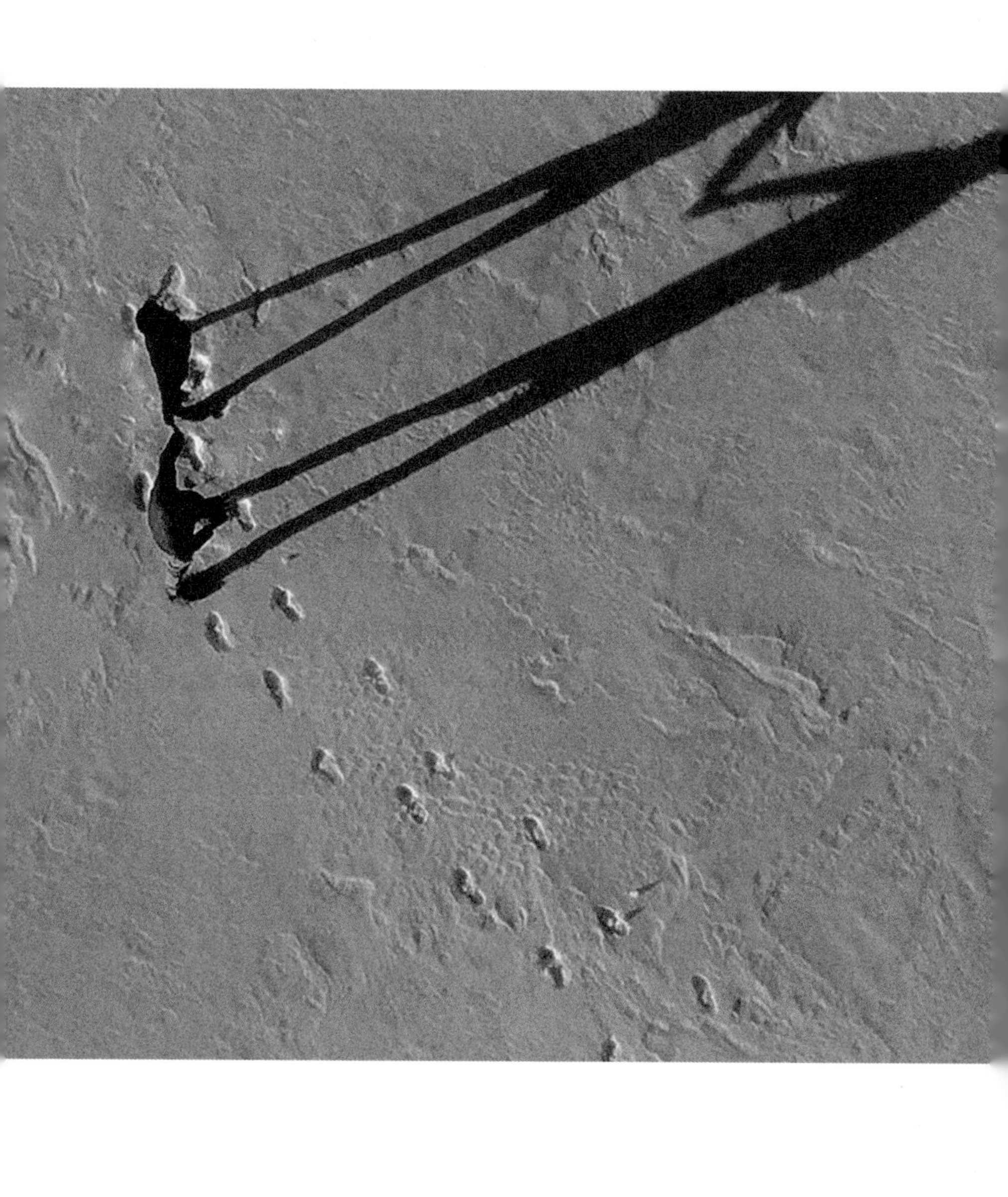

蔓延着愛情病的城鎮 | Four

眼淚精靈竟然跟着我離開湖泊，一起走到村莊。

黃昏的村莊是閃閃的橘黃色，
所有人沒有因為快要入夜而變得疲憊。
我走進去，拐彎就進入村莊，
看見很多五光十色的店舖，
他們都在市集排隊，
有的準備吃滷蛋，有的很想吃炸雞，
但看來他們最想吃的，是一碗暖暖的肉骨湯。
只是最多人排隊的，並不是這些食料店舖，
而是在村莊角落的，一間很不起眼的醫館。

我看着人們走進去，又走出來。
都拿着一包包草藥。
他們看起來都並不像有病，
我走上前看，還故意問一問前面的女生。
她說，今天她不是為自己拿藥包的，
她是為她剛失戀的朋友看醫的。
她說這個村莊的人其實都病情嚴重，
有的是患了最普遍的心軟病，
有的是內耗症，
她跟我說，不要小看這些城鎮沒有定義的病徵。
這些症狀正在根本地影響這條村的每一個人，
這條村的氣氛。
她看一看我的眼淚精靈，
說，我應該也懂。

嗯，我應該也懂。

她說，這些病會蔓延。
如果不及早發現，病發期是一輩子。

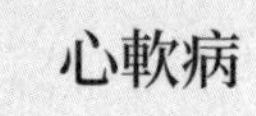

心軟病

心軟是我，
狠下心腸的是你。

後來我才知道，
把自己推向深淵的，
不是那個狠下心腸的你，

而是那個狠下心腸
不斷說服自己心軟的自己。

你明知心軟的後遺症很大，你真的還要這樣下去嗎？

你明知，心軟病最嚴重的病徵是，你第一次心軟之後，必然會出現第二次心軟。第二次心軟帶來的後遺症，就必然比你的第一次重。但偏偏偏偏，你只能無法控制地心軟下去。

他忘記了紀念日，沒有問題。

他說他工作很忙，忘了你的生日，也沒有問題。

他說他家裏發生了一點事情，才會如此然惡言相向，然後，你也沒有問題。

他不回短訊了，他不聽電話了，他消失一個星期，你知道他和朋友在玩樂，玩了無數通宵，然後他說他因為最近很忙，要找一些消遣平衡心理，他沒有時間，才消失這麼久。

你也沒有問題。

所有的得寸進尺，都源自於，你沒有問題。

起先你也是覺得有問題的，但也許你覺得讓一次步會讓自己的心舒服一點，也讓他的心舒服一點，於是花了無數個晚上說服自己。

你覺得有問題的事情陸續出現，你發現，讓一次步可以讓自己的心舒服一點，於是就讓第二次步。然後你發現心軟果然對繃緊的關係起了舒緩的作用，爭吵少了，於是你就讓第三次步。

到了後來，你反而還害怕他每天的情緒起伏，會影響他的心理健康，於是你把自己的心理健康放在最後。還微笑地在他面前，心裏對自己說，千萬不要流淚。

是的，這段關係的病，你把後遺症都放在自己身上。

還很怕讓人知道。

我知道你每一次讓步，中間經歷過很多難以入眠的日子，理智和感性交戰。

你是那麼不容易才可以瞞騙自己說，這是為他好，為雙方好。

我不可能就這樣叫你以後不要心軟下去。

不能一錘定音就跟你說，對自己好一點你才會獲得多一點愛。

我最心痛的，只是那個明明散發着光芒的你，還要每天一步退一步，在那片越來越不像愛情的大海上，乞討越來越少的愛情漣漪。

我也知道你容易深愛，容易難以自拔。我不奢求你的病情好轉，但我會看着你，希望不要嚴重下去。

就算嚴重了，告訴我，我在的。

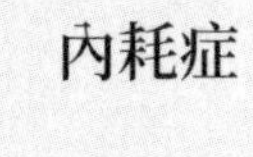

內耗症

內耗的極致，
不是要把自己的所有心力都燃燒。

而是在心力都燃燒之後，
還要急不及待對別人說：

我很好，
我沒事，
別擔心。

被情緒內耗的時候，你都正在做甚麼？

讓情緒把自己焚燒，讓內耗把自己擊倒。

那段關係裏的每個孤獨的晚上，你會否都在設想着那個他正在做甚麼？

你不明白為甚麼他把自己冷待了，但你從來沒有向他提及這個問題。於是你不斷回想到底自己做錯了甚麼，是關係的哪一個時間點讓他的感覺開始變質。

越想越孤獨，越想越心寒。越想你就越怕他會離開自己。

於是你急不及待要把他擁緊一點，急不及待要約他外出多一點，你急不及待地把自己的所謂缺點都改好，急不及待地諒解對方，急不及待地把自己變成最「適合」他的人。

越做他就越離開自己。

於是你越來越怕了。開始怕是不是有另一個人出現，開始怕他有沒有變心。

但你從來沒有害怕自己是否還頂得住。

你，真的頂得住嗎？

每天無數的聲音在自己腦海裏飄浮，痛擊自己，你真的還頂得住嗎？

最讓你頂不住的，就是這個內耗症，大概你不知應該和誰人說吧？也不知從何說起，對吧？

最最讓你頂不住的，應該就是你每晚內耗過後，拖着最疲乏的心情步出來，面對人群，這刻的你，要為自己的面孔配上「最真」的笑容。

將痛放在背後，將疲倦放在背後。千萬不要讓別人知道。

否則他們會說你為甚麼那麼喜愛胡思亂想，否則他們會說為甚麼你那麼煩。然後他們就會用人群攻勢，說胡思亂想的人就是最自卑，說把事情想東想西的人就是最無聊。

對吧？

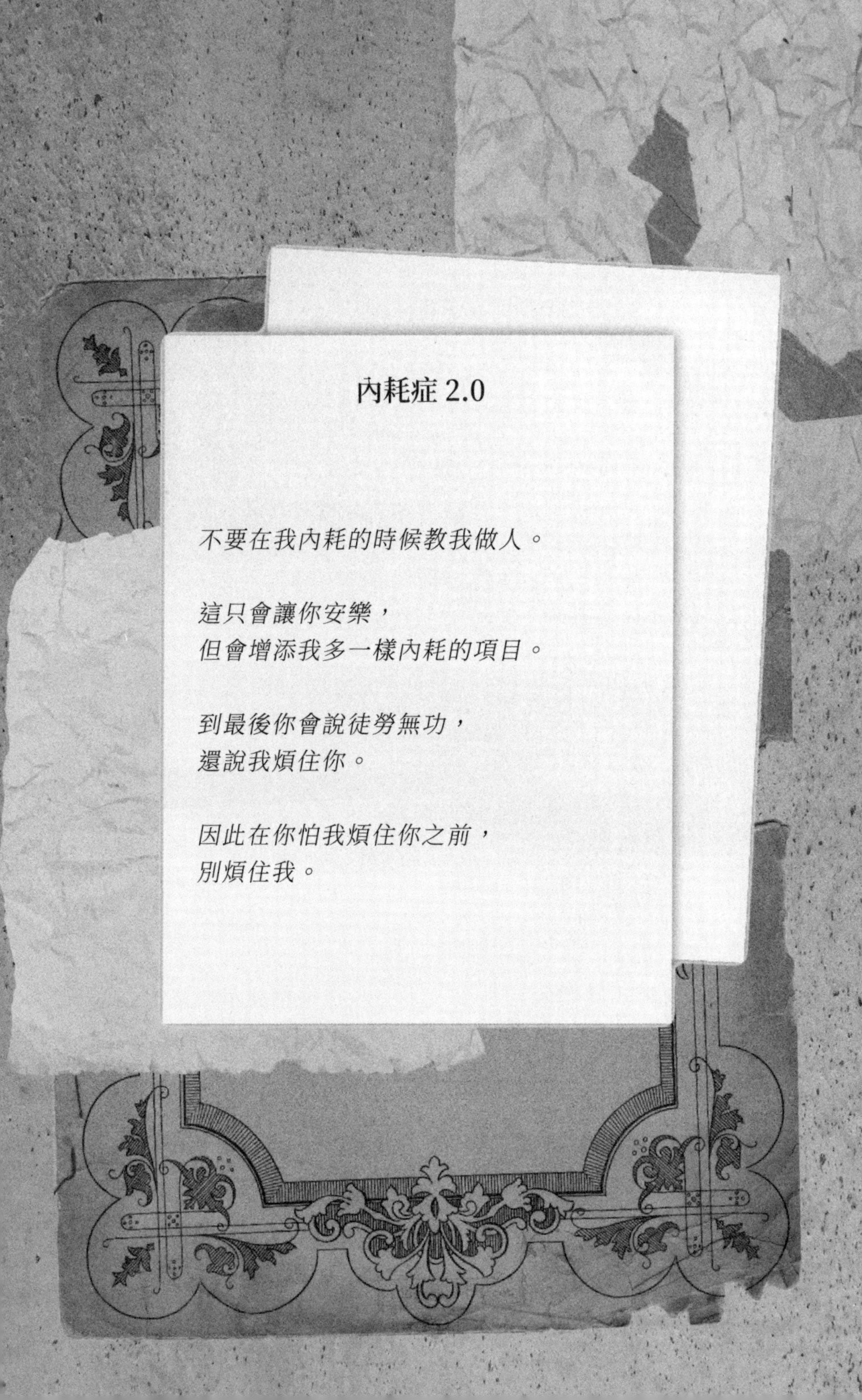

內耗症 2.0

不要在我內耗的時候教我做人。

這只會讓你安樂，
但會增添我多一樣內耗的項目。

到最後你會說徒勞無功，
還說我煩住你。

因此在你怕我煩住你之前，
別煩住我。

最奇怪的是，你明明沒有煩他們呀。

為甚麼煩人的那個最後反而變成了自己？

內耗症真正最傷人的地方，就是有時我們反而會嫌自己掩飾得不好，洩露了口風，讓別人知道了。

然後那些別人，就會用他們最理智的口吻，告訴我們那些不理智不理智不理智的地方。然後再以高高在上的姿態，叫我們學得自信一點，叫我們把時間和精力都放在自己的身上，就不會再胡思亂想了。

靠。有誰會想這樣？

有誰會想讓自己把自己打敗？有誰會願意這樣自卑？我們也無法控制天生的基因讓我們的腦袋總是那麼容易被情緒刺激。我們自卑，源於我們着緊，我們不想再經歷一段失敗的關係，別人不改，就我們自己改。別人不努力，就我們自己努力。然後變得越來越自卑，然後越想越多。

但我們從沒有打算讓別人知道啊。

也沒有打算讓任何人承受壓力。

為甚麼在我們已經那麼疲憊的日子，還要鞭策着我們改過？不容許內耗，不容許浪費時間，不容許天生敏感，不容許洩漏口風影響別人。

但是是別人一直問我們呀！

我們反而有一刻以為別人是出於關心。

我們知道，是因為我們內耗嚴重，不小心在某個神情，某一刻的語調，和平時出了異樣，讓別人感到難受。

那我們說對不起。那可以放過我們嗎？

很想跟你說，你自己也沒法放過自己的那些日子，就不要理會別人了。不小心顯露了就不小心顯露了，他們不喜歡，他們就走。

要走的不是你。

要道歉的也不是你。

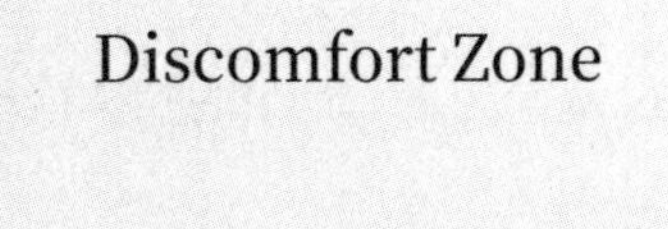

Discomfort Zone

是甚麼時候我們被鼓勵要跳出舒適圈？
在舒適圈裏不好嗎？

為甚麼要逼我們挑戰自己？
生活給我們的挑戰還不夠嗎？

為甚麼要叫我們勇敢地愛？
我們每天如常地生活還不夠勇敢嗎？

當Discomfort Zone已變成常態的日子，
就不要每天持續地再侵蝕下去了。

你有被一段愛情侵蝕過，讓自己的舒適圈變成不怎麼舒適的舒適圈嗎？

你有沒有些時候會想起，和那個人在一起之前的那個你，生活得那麼舒適，心情那麼舒暢，看過那麼多人被愛情傷害過的那個你，曾經告訴過自己，當一段愛情開始之後，絕對不可以重蹈別人的覆轍。

是甚麼時候開始，你變得不怎麼舒適？

你告訴過自己，也聽過很多人的勸勉，在愛情裏一定要做自己。但後來你又聽到別人說要磨合，關係裏面一定要彼此適應，在愛情裏不可以只做自己。

你混亂了。然後開始依從感覺行事。

反正他是自己生命裏的另一半，一個位置應該是相當重要的人，反正他已經佔去了你生活的一半，於是你讓出了自己部分的舒適圈，把那個人融入在你的生活中。然後把他讓你有一點不舒適的行為，都定義為「舒適」，把你不怎麼喜歡他的壞習慣，都定義為「舒適」。

終於他花心，你也「舒適」。終於他變心，你也「舒適」。

終於你每天都活在不怎麼舒適的感覺，然後麻醉自己：這就是生活，這就是你最真正的「舒適圈」。

我們總要在分開之後，才猛然醒覺，自己原來一直活得那麼的不舒適。只有在那個人脫離自己的生活後，才會發現，我們舒適圈的邊界從來沒有變過，只是被這段關係侵蝕了，而變得越來越小。

今天你的舒適圈可能被愛情侵蝕了。

被那些說要「投入」、「愛得徹底一點」的說法侵蝕了。

我很想告訴你，不要害怕呀。當你經歷得越來越多，你舒適圈的邊界便會越來越堅韌，你也越來越駕輕就熟。

現在的你可能還脆弱，可能還要繼續「交學費」，但這個是你愛情的一部分，你人生的一部分，好好感受它就好。

以後你會覺得沒有甚麼大不了。

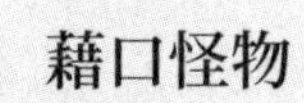

藉口怪物

不必向我們說甚麼「藉口」。
因為我們不想不斷扮演「相信」。

你們的「藉口」太假了。
若你們要我們「相信」，
就靜靜地給我們時間，
給我們時間為你們想一些「藉口」。

放心，
我們早已懂得為你們度身訂造一些「藉口」，這些我們自己想出來的「藉口」，反而更容易能欺瞞自己。

聽過甚麼藉口，你是覺得最荒謬的？

有沒有遇過一些人，他們每天就像病發一樣地為各種事尋找藉口？

其實有時候，我們最傷的不是其他人對我們做過甚麼，而是我們知道後，他們有各種各樣的藉口蒙混過關。

我們也只能責怪自己，為甚麼總是這樣心水清，為甚麼總是要猜中？

說不想遠行，然後和別人遠行，沒有問題，就不要偏偏說那幾天特別累。

和別人外出，沒有問題，這個世界不是男就是女，你就為甚麼要找各樣藉口，說慶祝這個，自己很被動，等等等等？

變了心，沒有問題，你為甚麼就要找各種藉口，說是別人率先引誘？

最麻煩的是，我們還要表現出被他們的藉口瞞騙，表現出充分理解他們的藉口，然後他們還會責怪我們，要讓他們花盡心力想出藉口。

我們從來都不需要啊。

不愛，就說。

不想出街，就說。

表現出很替我們着想，很關心我們的感覺。你不會知道，我們早已被「訓練」得懂得那麼獨立地為自己想出為他們開脫的「藉口」。

我們替他們設想的藉口，反而瞞得過自己。

就算要時間沉澱，我們很快也可以過得很好的。

就期待這些藉口怪物，不要以為想了甚麼「藉口」就盡了義務，到頭來他們感動了自己，讚嘆自己的「行為藝術」，還要逼我們「尊重」。

後來我們知道，有些藉口，不要也罷，有些愛，不要也罷。

他們不知道的是：藉口比粗口更難聽。

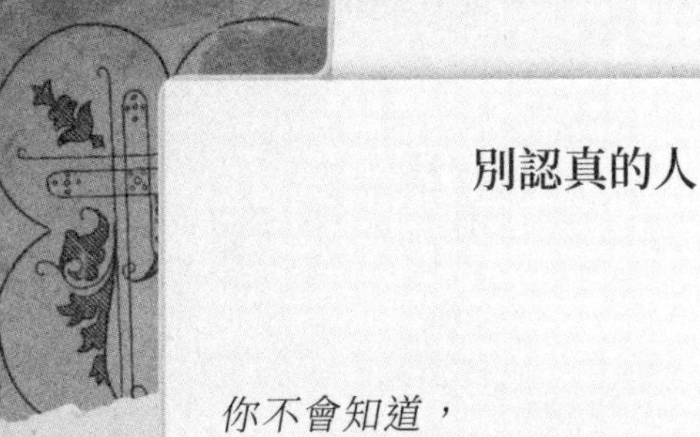

別認真的人

你不會知道，
「我不想再認真下去。」
這句說話我是那麼認真地說。

你也不會知道，
當我說我要及時止損，
其實早已損失慘重了。

又不是跟你對賭，
為甚麼要我一直賭下去？

這個村莊，還有太多決定要「別認真」的人。

別認真，就免受傷害。別認真，就免沉淪於苦海。

與其說這是病徵，不如說這是後遺。也許很多人都曾經認真過，然後在認真的過程裏受害。這個後遺之所以會蔓延，是因為認真的人，遇上「決定不要認真」的人的機率，起碼大於50%。

只要比對方不愛多一點，他們就無法傷害自己。

只要懂得及時止損，讓對方先投入，先付出，自己付出的愛就有了保障。

是甚麼時候，這樣的人越來越多？

然後終於讓我們，也慢慢變成這樣的人。

在「別認真」與「投入愛」的選擇裏，我們甚麼時候開始懂得保護自己，然後越來越保護自己。

但我還是想告訴大家，「別認真的人」也有分很多種。有太多人會披着「因為受過傷害而選擇『別認真』的」面具，然後向你不斷需索。

遇上這種人，必定要小心。這些人並不是因為有後遺症，不過是因為他們自私的性格，讓他們出現了這種病徵。

遇上這種人，讓他們自己向着自己咆哮就好了。

他們會想盡辦法感動你，然後傳染你。

若然你真的很好奇，就看看他們會擺出怎麼樣的姿態討好你，然後向你作出需求。也許你可能會看得出他們的面目有多猙獰，然後提醒自己，千萬不要做這種人。

而如你遇上了真的因為受過傷害而決定不認真的人，而你又忍不住愛上他。嗯，記住讓自己站於公平的位置。他不會因為你的過度付出而慢慢變得認真起來，你也不需要不斷用心力去感化他們。

控制自己的付出，讓你們的付出處於平衡狀態。可能有點難，但總比之後出現的後遺症好。若然他內心的愛越來越多，我們慢慢就會認真一點。要感化他們，必須靠他們自己。

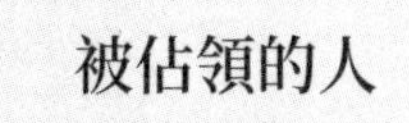

被佔領的人

我說不要把我佔領，
然後最後我被你佔領了。

你說那麼容易就佔領了我，
太沒挑戰性。

然後我修復了失地，
讓你很艱難才可以再佔領一次。

而這次你說：
太難了，不玩了。

是否有些時刻，你渴望被愛，但最終卻只被佔領了。

我們最終都成為別人想我們成為的人。

總會在某些日子，或者特別期待的日子，或者是某個秋風吹起的一天，或者在某個脆弱的時份，我們都渴望被愛。

而又有多少次，我們渴望的愛，最終變成一次次的向對方交代，例行公事式地把所有事情變成習慣。

他說他愛了，而我們知道，或許他愛上的，只是他們心目中塑造的那一個對象。

而我們，就要把自己塑造成為這個對象。

我們渴望的愛呢？最終變成了猜度對方內心的愛情公式，而他們把這條「愛情公式」，定義為「共識」。

我們就要在這個共識下「生存」了。

或者說，「愛」了。

他會在他特別興起的日子，給你驚喜。然後又會在自己情緒低落的日子，把你冷待。他會和你玩他喜歡玩的遊戲，你說要逛街，他從來沒有興趣。他說喜歡你把頭髮染啡一點，他說喜歡你瘦一點，他說喜歡你穿淺藍色，他說人多的地方，就不要穿裙子。

後來你開始不理解，他是真的愛你，還是只是愛他心目中的你。

而那個他心目中的人，是不是其實誰都可以？

很想告訴你，愛不需要讓步。若然你渴望愛而感受不到愛，就離場。若然暫時無法離場，就把自己 hold 住，把他的要求當耳邊風，看他怎樣。

若然他放棄，你也自由。

若然他最終理解到甚麼是愛，你也有得着。

不動心的人

那天我被動地動了心。

終於有一天，
我主動地不動心。

後來你說你對我動了心。

我說，
那你要學懂主動地不動心。
不難的，我也學懂了。
是你教懂我的。

你有多少次痛恨自己動了心？

比別認真更甚的，是不動心的人。

不動心的人在真正不動心之前，大概都曾經說服過了自己很多次下一次不要動心。

終於終於在最傷的一次，下定決心，下一次，真的不要動心。

決定了這一次要理清自己的思緒，以後每一步都要更理智。看到別人的攻勢，必定要站得住腳。寧願錯過一段愛情，也不要再錯愛一次。

曾經遇過一個傷得很深的人，他決定以後愛一個人，都起碼要花一年的時間看清這個人的本相。很多人說，一年，誰都走了吧。他就說，走就走吧，反正自己不着緊，沒有就沒有。

曾經要多痛，跌得有多傷，才會為自己狠下心腸，才會這樣為自己的將來作決定。

曾經又要多痛，才可以頂得住這個世俗的所有絮語，頂得住這個世界的所謂誡條，跟自己說，不要輕易動心，最好不要動心。

很想跟大家說，不動心的人，往往會被這個世俗定義為「病態」，說這樣太保護自己，說這樣會得不到所愛，說這樣是自欺欺人。

這些不斷指點別人的人，才是真正病態的人。

你的幸福，他們會作擔保嗎？你愛錯了，他們又會作擔保嗎？我們最終都是自己的擔保人，我們最終都只能承擔自己的錯失。

若然有天你決定不要輕易動心，若然有天你決定不動心，不要緊，我當你情緒的擔保人，我可以保證你一樣可以過得很好的，也可以保證不動心的人不會比容易動心的人更易失去幸福。

世上叫你再愛一次的人太多，他們不會諒解你之前的愛有多痛。

老實說，他們沒有義務。

而我們也不需要得到他們的諒解。

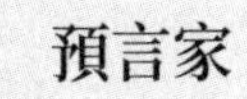

預言家

我預言了我們會分手。
然後我們分了手。

我預言這次我不會很痛，
然後我真的不是很痛。

歷史書最值得參考的不是歷史背景，
而是朝代更替的必然邏輯。

愛情也是。

一件事情重複做幾多次，才會失去新鮮感？愛過了很多次以後，你對愛還會有新鮮感嗎？

是哪一種的生活制度讓我們每次拍拖都要看戲，食飯，然後靦腆地表白，拖手。

然後然後熱戀，然後新鮮感慢慢墜落，然後冷漠，然後不願意溝通，情緒失控，然後性格不合，然後分手。

我們都是有記性的人，因此不要怪我們為甚麼越來越無法投入太多的熱情，為甚麼表白開始不會面紅，為甚麼會對別人感到冷漠，為甚麼明知不願意溝通會影響關係仍然不願意溝通，為甚麼明知分手會痛仍然要分手。

不是我們預先知道結局，而是太多的前「痛」可鑑。

因此我們大概可以知道如何應對愛情的各種階段。知道如何把自己的期待好好監控，哦，到熱戀期了，我們就熱戀。哦，到冷淡期了，我們就冷淡。我們開始順應天意，不再強求，我們接受了一段愛情裏的「殘忍」，然後明白這不算是甚麼殘忍。

但我們知道，「預言家」並不是擁有甚麼本領，反而是一種被疼痛教導過的人，最自然的心理反射動作。

也許我們有時候會怪自己為甚麼那麼冷漠。對方很熱情，自己都提不起勁。我們總是悲觀地看穿了很多現實，很快就知道這一段關係不適合。很多人叫我們再試下去，再試一次，但我們實在無法再嘗試了。

他們會說我們「懶惰」，就由他們說下去吧。

反正他們有他們的說法，

但如果硬要以他們的說法說下去，

我會說這不是懶惰，

這是「效率」。

孤獨人

有些人孤獨久了，
就想享受熱鬧。

有些人熱鬧久了，
就想享受孤獨。

那我告訴你，
這個世界還有一些人：
孤獨久了，明白了孤獨的好處，
就不想再熱鬧了。

後來你慢慢懂得享受孤獨了嗎？

你不「埋堆」就有病。你減少社交，就有病。這個城市裏，社交恐懼症，終於也成為了一個病症。

是誰決定我們不能夠孤獨？孤獨的後果，我們自己承受就好。最喧鬧的愛情氣氛，最浪漫的節日燈飾，最油膩的甜言蜜語，最虛假但充滿幸福感的將來期盼。當我們都感受過之後，我們反而會認為，孤獨就好。

不必再接受虛情假意，孤獨就好。

不必再反覆思考自己是否決定相信，不必再反覆思考自己是否決定愛，孤獨就好。

接受孤獨的人，大概都看過人性最醜陋的一面，而不想同流合污。

享受孤獨的人，大概都被這些最醜陋的人性傷害過，但又不想揭穿別人，寧願倒在自己熟悉的角落，在最有限的空間下，自由就好。

既不打擾別人，也不想別人打擾。

藍色的天空，和誰看一樣都是藍色。就不要夾硬說和另一個人看，這個藍色一定比較幸福。就算只有自己的世界不大，也不要夾硬說只要接受另一個人的世界，你們的世界就會更大。

誰說的？

有病嗎？

後來我們會慢慢發現，只有兩個人或以上的空間，才會有人被定義為有病。這個世界，就是要把不符合他們價值觀的人，定義為有病。哪一邊的人多勢眾，另一邊就有病。哪一種價值觀較多迴響，另一邊就有病。

孤獨一人，就沒有病。

我們沒有人從一開始就享受孤獨。就是這個病態的世界，讓我們逐漸享受孤獨一人，然後再說我們孤獨有病。

異地的人

異地的人，就算有着相同的心，
可能仍然會難過。

但他們會比一起相處，
但有着異心的人，
好得多。

無法控制的事太多，
我們最需要控制的，
不過就是自己的心。

你有異地相愛過嗎？若然沒有，你覺得自己會否適合？

異地相愛，最多人說的就是無法互相陪伴，不能夠和對方逛街，沒有身體接觸，無法共同在同一個地方享受快樂，也無法可以好好看着對方的眼神，聽着對方最有溫度的聲音。

是的，這都是異地戀困難的地方。

但我很想告訴你，異地相愛最難過的，不是距離有多遠，而是時間差。

一個人不開心的時候另一個剛好睡着了，另一個人開心的時候，也無法和對方及時分享。

最怕是有拗撬，拗撬的時候最影響心力，但偏偏一方早一點疲倦，另一方才是最理智的時候的開始。然後其中一方就帶着很負面的情緒渡過了一整天，另一邊呢，睡醒之後也無法及時整理情緒，和對方同步。

於是就有很多人把異地戀標榜為一個必然不能夠跨過的問題，把異地戀的戀人標籤為異類的存在。

我試過異地戀，老實說還是有點迫不得已的那種吧。在異地戀之前，我從來沒有想過異地戀的問題，就跟對方說沒有問題的，我們可以安然渡過。當然，接着便出現了上面跟大家說過的問題。無論我們多愛，多想見到對方，也會出現負面情緒的時刻。或者說，有時就是因為太着緊，太愛，於是感覺便有差，於是於是，大家也不期然出現難過。

但我還想說，最終我跨過了。

在這個急速的時代裏，所有不那麼「速食」的愛情都被標籤為異類，都被標籤為病態。那我就想跟你說，我反而會把它當作一個「身體檢查」。若然發生事故，就證明這個身體不太健康，最終跨過之後，就代表你的身體比以前更加強壯。

避重就輕的，沒有錯。

真正面對關係裏的考驗的，也別跟我說有錯。

我很想跟大家說的是，有時候最在意你的，未必一定是正在你旁邊的那些人，而是那位在外地、每天對你牽腸掛肚的，會為那個千里之外的你而落淚的那個人。若然你有事，說不定他是最早知道，然後出現在你身邊。

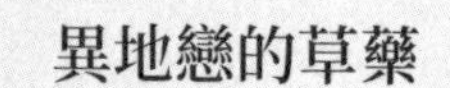

異地戀的草藥

有些快樂要及時，
但有些關係會讓快樂無法及時。

若然難過，
我們更加要明白，
這個世界最奇怪的是：
雨過之後不一定有晴天。

但我們一定要學懂撐傘。

若然你真的選擇異地戀了，我還想跟你說的是：

說是草藥，當然不是因為病患。而且都選擇了異地戀的話，要及時「補一補」。太多情緒的陷阱很容易會讓關係深陷險境。

距離一遠，我們洶湧的感情就會出來。

只是我們洶湧的感情，對方未必及時能夠承受住。設想一下現在你是下午三點，對方是凌晨三點，這刻的他，疲倦的感覺太上頭了吧。因此若然對方未能及時作出你最想要的回應，好好體諒，把自己的精力都留在當天的事務，分散自己的注意力。

分散自己的注意力，分散自己的情感，不代表你對他的感覺減少了，這是體諒，也是保存自己更好的狀態的表現。

爭吵是無可避免的。異地的關係裏，總有一方要承受住，當另一方要安睡的時候。大家不要爭吵太不合常理了，只想你們記着一點，就是要爭吵的話，誰是快要入睡的那一個，必須成為比較吞聲忍氣的那一個，你必須知道，另一個人，整天都會在煎熬，你捱一捱，吞一口氣，倒頭便睡着了。

快樂要及時分享，但不要期望對方很快有回應。期待往往讓我們產生了期待的落差，然後以為對方不愛自己了。很想跟你們說的，就是如果對方不愛自己，還會跟你通電話嗎？還會回應你嗎？雙方都辛苦，記住在異地的關係裏，着重自己的付出，但不要把着眼點放在對方給你的回報。

情緒往往容易影響關係。有些關係最終走向了末路，並不是因為任何一方有錯，恰恰相反，是因為大家都太着緊彼此，大家都太認真，雙方都做得很對，但結果錯了。

看過很多這樣的情況，因此更不想發生在你們身上。

找到了真愛很難，若然因為這些情緒錯過了，真的真的太不值得了。

不想說道理，但我作為一個「成功例子」（哈哈哈，讓我驕傲一次），這次希望大家好好記着這些「強身健體的草藥」。

你們一定一定要記住。

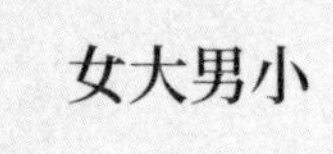

女大男小

並不是長大了就一定會代表變得成熟。

更多時候我們長大了會
更希望自己的思想變回最純粹的狀態。

我們長大後都渴望拾回童真，
但不必承受社會的壓力。

因此問題在於社會本身。

若然要我說我感到最莫名其妙的，就是女大男小的關係，竟然還要繼續被社會標籤着。

但當你問對方這有甚麼問題，誰都說不出問題所在，就跟你說，大多數人都不是這樣吧。

嗯，大多數人都不是這樣。

又怎樣？

不又是大多數人都經歷着錯愛？大多數人都經歷着分手？是甚麼時候大多數人變成了最值得參考的role model。我跟你說，這個世界裏，錯愛的最終還是比真愛多。愛情裏，在這段旅程裏快樂過，珍惜過就夠。跟大多數的愛情痛症相比，女大男小，算是最簡單輕鬆處理的吧。我甚至懷疑，女大男小到底有沒有甚麼事情必須處理。

成熟度？別說這些無聊的把戲了。我們長大後反而會渴望最幼稚的戀愛，最單純的戀愛。男要照顧女？真正的愛情都在彼此照顧着，彼此都在承托着對方心裏最脆弱的一塊。

我們都坐在擦窗而過的愛情旅途，共同看着一幕幕擦窗而過的風景。最值得珍惜的，是當一個疲倦了把頭放在另一半的膊頭上的時候，那個人，及時把你的疲累承接了。就在你起來的時候，告訴你剛才的風景有多美麗，鉅細無遺地讓你感受着那些遠去的風景本來讓你可以感受到的幸福。

不就夠了嗎？

不就好了嗎？

好好珍惜那個願意彼此照顧着的人。

拖着，就不要放過。

把旁人的聲音，留給他們自己的耳朵。

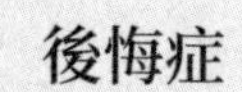

後悔症

甚麼事情都可以後悔，
除了後悔本身，
因為後悔已經是我們最盡頭的難過了。

有時候後悔是我們的急救藥，
可以讓我們避開某些「急性難過」，
而不產生任何後遺症，
因為後悔本身就已經是我們的後遺症。

曾經有多少次，你為結果感到後悔？

後悔沒有在最適合的時間好好回應他的愛。後悔自己沒有好好聆聽過他的需要。無數次的後悔讓我終於覺得自己做甚麼也是錯。

讓我終於覺得自己不值得被愛。

還有甚麼要後悔的，就是說過不要讓你哭，然後讓你痛哭。說過要和你一直去玩，探求新鮮感，建立彼此的經歷，然後，怕累。還有呢？還有無數個晚上沒有回你的來電，和短訊。

後來你說，都不重要了。

發生過的事情都不重要了，我也不重要了。

然後我才知道要珍惜，我知道有些事情流逝了就流逝了，有些事情並非必然，有些熱情一不留神，就那麼輕易錯過了。

你離開之後我終於患上了後悔症。我還以為每天懺悔多一點，你就會回來。我也以為只要自己變得好一點，再一次遇上你，我可以做得更好。

後悔症注定無法痊癒，是因為我早已敗給了時間。

但時間並非無情，最無情的，是那個太淡定的自己。是那個恃着自己有人愛，就肆無忌憚地放任，肆無忌憚地傷害別人的自己。

後悔症極痛，且難以痊癒。

你們千萬不要患上。

真的患上了，千萬不要讓病情加深。

詆毀症

要讓詆毀人的人難受的方式，
是漠視他們的存在。

但要讓被詆毀的人安樂一點，
卻需要我們對他們誠懇一點。

若然愛他，
就在他們被詆毀的時候，
及時抱着他。

安慰的說話不夠力度，
深深的擁抱才夠。

你有因為過一段並不那麼「門當戶對」的關係，飽受別人的攻擊嗎？

那些患上詆毀症的人，最喜歡在別人的關係裏挑「錯處」，然後把其中一方奚落，或者把雙方都奚落。

他們最喜歡把那個和那個的關係說成天造地設，然後拿來對比其他人的關係，說他們出錯了，說他們選得不對，說他們這段關係不值得維繫。

你受過別人的詆毀嗎？

被詆毀的人，最難過的那一個部分，就是他們暗箭難防，或者害怕對方聽得太多詆毀的聲音，讓感覺生了變數。

我們沒有辦法阻止詆毀的人所發出的聲音，除了不理會他們外，其實聽「詆毀」的聲音的那一方，更需要給「被詆毀」的那一方多一點的安全感。

跟他說自己聽過甚麼甚麼。

把你們自己相處面對的困難，都坦誠和對方說，不必常常跟外人說。

有心維繫的，對方慢慢就會聽到你的聲音，慢慢作出改變。

無心的，就由他吧。

朋友給你的建議可能很中肯，但對方給你的反應才是最真摯。就算這些反應不似你預期，也是你們關係的一部分，也是你們需要處理的課題。

希望你將來的對方可以給你安全感，你也獲得對方的安全感。

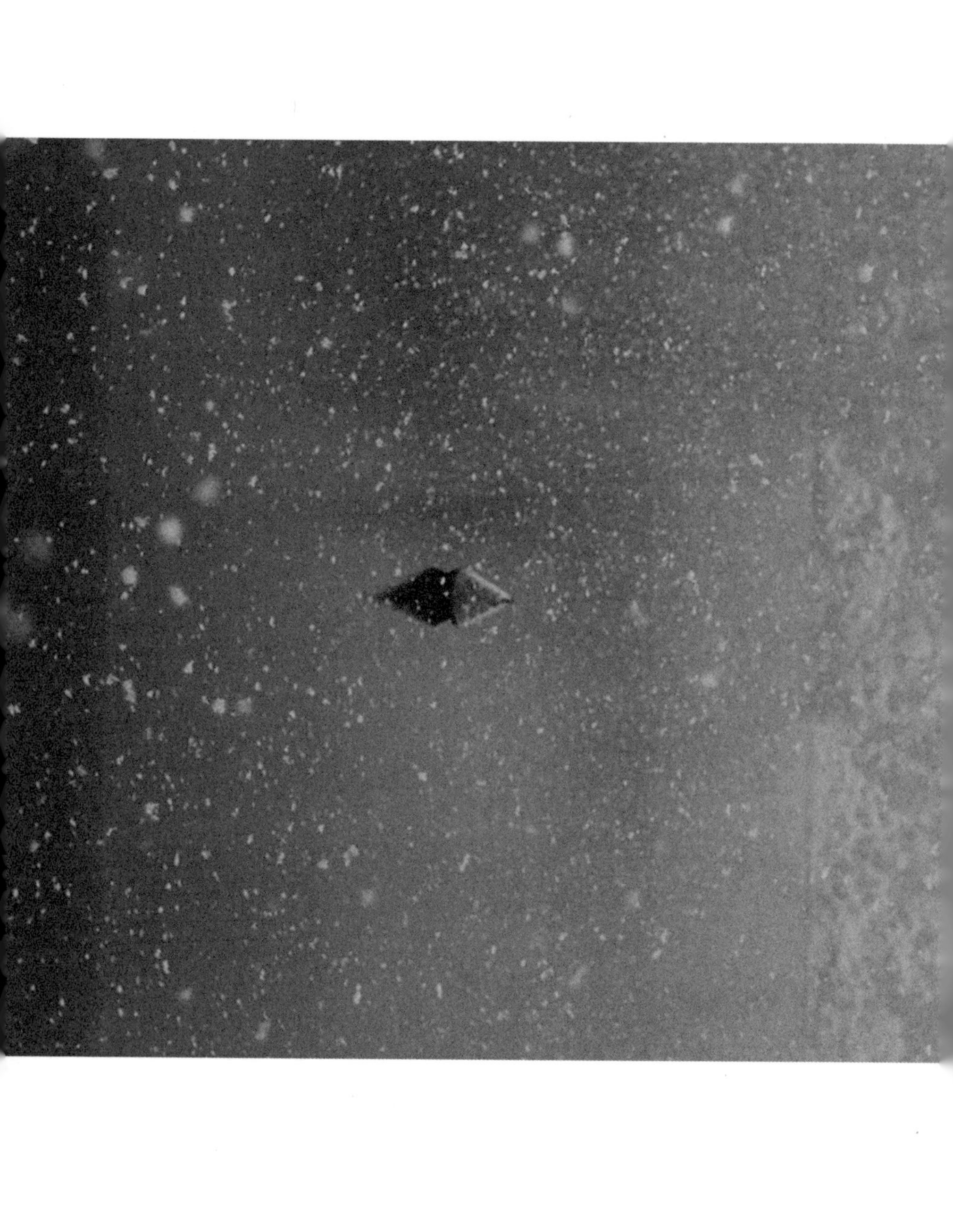

不會停電的城市讓我們無法看得清愛情 ｜ Five

小女孩帶我走到山峰，眺望遠處的城市，
我看見五光十色的城市，照亮了漆黑的天空。
小女孩告訴我，這個城市不過是村莊，
不同的是它點滿了燈火，
還有各種勉強加上去的節日氣氛，
酒的種類比村莊多一點，食物豐富一點，
人們的飾物貴一點，大家的笑容假一點。
她說，村莊的人的快樂，不比城市的差，
傷感也一樣。

我看着前方，也望着旁邊的眼淚精靈，
明知前方的城市就像愛情，
是五光十色的事物分化了我們對愛情的純粹，
是過多似是非的道理，過多別人所謂說的對的事情，
分散了我們對愛情的感受。
愛情的課題很深奧，
我們因為一起而開心，
因為分開而傷感，
都是情緒的起伏罷了，沒甚麼大不了。
並不會因為我們起了一個誓言，它就可以長久下去，
也並不是我們只喜歡嬉戲人間，它就必然短暫。
只是很多時候的傷感，
因我們只看到被五光十色的燈包圍得像商品一樣的愛情，
而無法看清楚愛情的本相。
也因為這個世界在光速地前進，
我們從車廂的玻璃窗，
也無法清楚看到自己的本相。

然後因為錯誤的痛點而傷感，
然後因為執着在某些誤會而流淚。

是這個不會停電的城市，讓我們無法看得清的愛情。
是城市給我們的商品化，片段化，碎片化的，那麼客製化的資訊，
讓我們流錯眼淚。

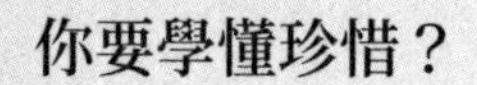

是甚麼時候，
這個社會情緒勒索般地要我們學懂珍惜？

真正要學懂珍惜，
是由必然會發生的
而常常發生的：
失去開始。

A New Year's introduction does not constitute a friendly, or even a social, acquaintance. A gentleman who is a stranger to the family should not feel at liberty to call again without a subsequent invitation.

這個世界的所有心靈雞湯都總是告訴你，一定要學懂珍惜。

你要珍惜嘛！失去了就沒有了嗎，怎麼還不珍惜呢？不一定所有過程都有結果，既然他和你仍然都愛着，為甚麼不珍惜呢？我們怎會知道明天發生甚麼事，怎麼還不珍惜呢？

多麼的勵志。

但我還是想問，這些說話，有誰知道？這些說話跟一些未失去過的人說，有甚麼用？這些說話跟已經失去了的人說，他的傷感就會少一點嗎？他就會立即復原嗎？他就要立刻覺得自己做錯了，走錯了方向，現在按一個掣，就要立即懂得珍惜嗎？

每個懂得珍惜的人，都因為失去過。

沒有人天生就會珍惜，就算說成懂得珍惜，都不過是一個口頭禪，一句座右銘，一句勉勵自己的說話。只有我們真正失去過心裏面覺得最珍貴的東西，失去過一些我們以為不起眼，但最後發現是無比珍貴的東西，那一刻，我們才會成長，我們才會終於懂得珍惜。

因此，我們最需要學懂的，是失去。

學習面對失去所帶來的傷感，好好品嚐這一種傷感背後的原因。我們每一個人都曾經錯過，而在錯過之後，我們會在這個遺憾的泥沼裏沉溺多久？我們會慢慢習慣被疼痛鞭打自己，還是慢慢學會用心體會那些失去了的，為甚麼這樣牽動着我們的心靈？

然後再慢慢體會為甚麼我們會失去。

然後再慢慢體會如果我們不想再有這些疼痛，在下次失去之前，我們是不是有一些自己可以調整到的，避免這種失去，或者在下次失去之前，用心感受失去之前的所有快樂，讓之後失去的時期裏，還有一些快樂的回憶為這些傷感調劑。

我不會叫你們不要漫無目的地相信所有勵志的說話。因為你們都知道，真的在情感失控的階段，這些說話不過是在自己的傷口灑鹽。但我希望這些似是而非的，自欺欺人的說話，不要令你們在日常生活之中被麻木了，然後在最值得面對傷感的時期，就只有這幾句「琅琅上口」的金句，然後拿着這些所謂的「救藥」療傷，發現治不好的時候，才發現求救無門。

你的首要任務，是：

學習面對失去。

學習面對失去所帶來的傷感。

學習了解為甚麼自己會有這一種傷感。

讓自己免於率先擔心

有時候也不知道自己是否需要讚嘆自己的創意，因為自己的內心總是有那麼多的小劇場。

不知道自己是否需要怪自己的創意範圍有限，因為偏偏這些小劇場，
多數都是 sad ending 的。

而這些虛構的劇場，
那麼寫實地侵襲我們的情緒，
和日常生活。

succeeding New
for calling, upon
compliments of
mment upon the
ected with the fes

f observing New
ns of commencing
idships; and even
dating their favor-
est meeting having
imstances.
ance may with per-
ostess in receiving
although the young
ll who may call.

TLEMEN.

n, but a blemish to m
nacy or a love of displ
respect may be mad
aste.
r as little jewelry as
on the little finger o
ther large nor showy
al, rather than watch-
ought to wear. But
ything be real and
rity; its use arises
er than its wearer
ds, sleeve buttons
and brilliants are
elry should never be
value may be worn
ore than one ring sh

rather by its curio
bit of old jewelry
dd production of th

he colors of your dre
Men should never,
ment.
reserved for ladies, and
without them. The
s, except on official o
dinary occasions, can not be too severely conden
these are really given for merit they will add nothi
fame; if, as in nine cases out of ten, they are
merely because the recipient has done his duty, th
impose on fools, but will, if anything, provoke only
inquiries from sensible men.

A New Year's introduction does not constitute a friendly, or even a social, acquaintance. A gentleman who is a stranger to the family should not feel at liberty to call again without a subsequent invitation.

有沒有一些時刻，你的內心有很多小劇場？

是的，很多關係走到最尾，分開的時候都未必那麼好看。有了另一個，失去了新鮮感，只是想玩一玩，不喜歡他的冷漠。

因此在下一段開始之後，若然我們仍然認真，少不免在那些沒有人陪伴的時份，或者是偶爾失聯的時份，自己空閒了下來，想東想西的時份，腦袋裏就開始組織了那一個人正在發生的事的種種可能。

為甚麼他不回我？

為甚麼為甚麼他在那張照片笑得那麼開心，而和我並不是？

為甚麼他總是那麼忙，是他不想見我了嗎？

為甚麼，為甚麼？

為甚麼我們都會這樣虐待自己？可能因為以前發生過在自己身上的事，可能聽得多朋友說發生過在他們身上的事，可能聽得太多這個世界的故事，可能覺得自己不夠好，可能覺得對方太好。

一百萬個原因，都讓我們產生了這些負面的幻想。

問題就是，我們都不想這樣的。但只要讓我們靜下來，我們就會這樣想。

然後後遺症就是：當對方出現了，看着我們因為幻想過度而產生的負面情緒，或者看到我們最疲倦的樣子，他們還不知所以。

於是我們覺得他們不諒解。

然後關係，逐漸走向負面。

然而關係越來越負面，我們想的，就更加負面。

最終走向了惡性循環。

最急不及待想你知道的，就是，你要記住那個最初愛上那個人的自己。記住那時候的你，愛人的時候，是那麼的可愛，那麼的純真，那麼的真摯。也要記着他回報給你的愛，才是讓你決定全程投入的關鍵所在。

所以呀，你要愛的那個是：愛着自己的他。如果他不愛你了，就由他去吧。當你回想起那個愛着他的自己，和回想那個愛着自己的他，然後記着這才是愛情最應該擁有的模樣。如果他不愛你了，這段愛情就不成立了，因此現在還有甚麼好想呢？若果你想的都是真的，你就不應該愛他下去，或者就算愛，也必須分開成全對方。

因此，當你仍然投入，就相信你們愛情最初的契約：你愛着他，他也愛着你。把心力都花在這一刻你們一起相處的時刻。把心力分散投資在那些幻想，辛苦得來也影響着你們的愛情，不值得啊。

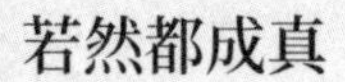

有時候我們會想
小劇場都可以是真的。

但你自己不會告訴自己：
小劇場都可以是假的。

因此就算快樂和傷感都是選擇，
你也覺得自己別無選擇。

然後疼痛着。

說得仍然有點抽象吧？有時候你會想，若果想的都成真，那怎麼辦？你真的不想分開，真的很愛他。

我們必然會很傷心。

只是我們很多的傷心，其實有很多部分都是因為被這個社會渲染了。社會總是跟我們說，投資，就要有回報。放了時間，就一定要有收穫。你付出了，對方反口了，你就是最傻的那一個。

其實，愛不一定等於付出。

我們愛一個人，是因為我們喜歡愛一個人。為一段關係努力，為對方改變，讓彼此都有快樂的回憶，快樂的體驗，其實是因為，我們都愛這樣做。

社會就總是喜歡事後檢討，說你浪費了時間，浪費了青春，浪費了心力，然後就讓我們覺得，啊，對，浪費了很多時間。

只想跟你說，時間並沒有浪費。你愛的那一刻，是源自你內心真確的分泌。

想像一下，你很想愛，但你沒有去愛，這樣不是反而會有更差的感覺嗎？因此啊，我們勇敢地愛了，結果來到之前，我們都已經「贏」了。我們跟從了自己的感覺，我們順應了自己的內心。這樣的時間，最實在。

對方愛上了另一個，對方變了心，我們都覺得自己輸了。我們會耿耿於懷是不是自己有甚麼做得不好，是不是對方新的一個比自己更好。

比較，只不過是這個社會給予我們向前走，要「推動着社會」的價值。

社會會告訴你，你比不上別人，你獲得的就更少。社會會告訴你，你必須保持競爭力，你才可以獲得比別人多。事實上就是，所有人都在競爭，這個「社會」，這個「地方」，這間「學校」，這間「公司」，才是最得益的那個。

我們所得到的，只是「比較」下的得失心，失重感。

他愛上了另一半，不代表你更差。可能他喜歡新鮮感，可能是你不適應他所要的，因此你也無法提供他想要的。

太多的原因，但一定不會是「你的愛，比另一個給的愛差」。只有你知道愛是怎樣的實在，當他無法給予你所需要的愛，而分了給另一個時，你唯一要想的，不是誰比誰好。

而是要記住一段關係的本相，就是要讓彼此都快樂。

你不快樂了，你得不到愛了，這段關係就不存在了。

這段關係不存在了，就不必用來和他跟另一個人的關係去比較了。

你所需要做的，就是把你的愛好好收好，等待下一個人的愛和你的愛產生共鳴，然後才拿出來，開展一段關係。

人生而平等，愛情也是。

真的要比較，就跟自己比較，想盡辦法令今天的自己比昨天開心一點，想盡辦法令這段關係比上一段快樂一點，就超級好了。

努力經營一段關係，才可以獲得幸福？

有些事情努力就會有成果，
於是我們以為所有事情努力就會有成果。

那個人長得漂亮所以有另一個人愛，
於是她以為她漂亮其他人都會愛。

這並不是不公平，
這恰恰就是公平。

是我們嘗試過在某一方面得到成功
就以為這是一條公式。

這個世界會逐漸告訴你，
很多事情都是隨機的。

succeeding New
for calling, upon
e compliments of
mment upon the
ected with the fes

f observing New
ns of commencing
dships; and even
dating their favor-
rst meeting having
umstances.
ance may with per-
ostess in receiving
although the young
all who may call.

TLEMEN.

n, but a blemish to m
nacy or a love of displ
respect may be mad
aste.
r as little jewelry as
on the little finger o
ther large nor showy
it, rather thin watch
ught to wear. But
ything be real and
rity; its use arises
er than its wearer
ds, sleeve buttons
and brilliants are
elry should never be
value may be worn
ore than one ring sl

rather by its curio
bit of old jewelry
did production of th

e colors of your dre
Men should never,
ent.
reserved for ladies, and
without them. The
s, except on official o
dinary occasions, can not be too severely condem
these are really given for merit they will add nothi
farce; if, as in nine cases out of ten, they are
merely because the recipient has done his duty, th
impose on fools, but will, if anything, provoke only
inquiries from sensible men.

A New Year's introduction does not consti-
tute a friendly, or even a social, acquaintance.
A gentleman who is a stranger to the family
should not feel at liberty to call again without
a subsequent invitation.

「努力經營一段關係，才可以獲得幸福。」這也許是我看過最難以理解的說話。

受過幾次傷之後我才慢慢發現到，愛情的本相不過就是我愛着你，你愛着我。彼此的靈魂產生了共鳴，喜歡讓對方開心，也喜歡對方讓自己開心。

就是這麼簡單而已。

不知甚麼時候開始，一段關係變成需要經營，變成需要努力，才能獲得一些甚麼。又不是做生意，為甚麼幸福變成了收穫，心力變成了付出？

每個人都可以快樂，每個人都可以傷感，每個人都可以幸福，每個人都可以若有所失。這全都在於，我們希望過怎樣的生活。

只要對方陪在自己身邊就好，就算吵架也好的話，幸福感可能很早就來到了。

付出，然後得到收穫。是這個資本主義的社會裏最大的動力。在這個日漸商品化的城市，不知甚麼時候開始，我們都被耳濡目染，你想怎樣，首先要付出甚麼。

你偏偏忘記了，感覺，人人生而平等。貧窮可以很快樂，富有可以很快樂。一個人可以很快樂，一班人可以很快樂。兩個人待在一起可以很快樂，兩個人分隔異地也可以很快樂。兩個人常常吵架可以很快樂，兩個人沒有吵過架也可以很快樂。

這些快樂，就在你的心。

將世俗的污染慢慢移開，將莫名其妙的價值觀慢慢移開，我們就立刻擁有了——

快樂的，幸福的，

「超能力」。

將手腕忍痛劃損

有時候我們為了解決一種痛
就用另一種痛掩蓋。

為了忘記愛過這個人
就找另一個人。

可能因為我們明白自身的「痛楚」配額有限，
懷念別人的配額也有限，
因此才選擇這些方法。

但我們忘記了
這是讓自己「誤會」自己的過程，
需要對自己作出無數的瞞騙，
而每一刻的實情，都在不斷地累積，
然後在某些時份，一次過向你侵襲。

A New Year's introduction does not constitute a friendly, or even a social, acquaintance. A gentleman who is a stranger to the family should not feel at liberty to call again without a subsequent invitation.

這是怎麼樣的痛楚？

我想問的是，那一刻你的心，是怎麼樣的痛楚？

將自己手腕劃過的那一刻，你孤獨嗎？劃過之後，你手部的疼痛，會不會可以分散你內心的注意力，分散你孤獨的注意力，分散你腦海的喧鬧？

有一次，有個女生走過來說是我的書迷，我看着她手腕一條條結了疤的傷痕，我在想，那時候的她，到底有多疼痛？

看着她仍然這麼笑面迎人，依然是以那麼可愛的模樣地面對所有人，我就在想，當她處於最痛苦的狀態時，誰理解過她，誰責罵過她？

我一直也很不想這樣的事情發生，但我也知道這並非一時三刻可以解決到的，問過很多人，原來他們在學校時，看過很多其他人都這樣劃過手腕，這彷彿成了「因為愛而傷過」的象徵。

我常常在想，一種痛，真的可以被另一種痛分散嗎？我在想，如果她連自毀的勇氣也有了，那麼，放下需要的勇氣，可能還要比自毀大。

這篇文章，我最想說的是，當未理解對方的痛時，就不要妄下判斷，就不要加上諸多的個人見解，胡言亂語。

我也很想對那個很痛的你說，在你最痛的時候，就先不要理他人的話語了。他們會叫你不要執着，他們會告訴你：你要走出去，必須要靠你自己，等等等太多的廢話。

他們也許根本從未感受過這種痛楚。

說得直白一點，他們就在看到你的難關時，說自己做了一些甚麼去幫助你，到頭來他們自我安慰了，你也要忍着說不痛。

先處理好自己的傷口，先處理好自己的痛，先推開那些沒有了解你而狠下的判斷。

之後的文章，我再和你一起慢慢痛。

一起慢慢療傷。

一起走過幽暗的山谷，看着那個如此渾濁不堪的城市，說不定最後我們可以嗅到最清澈的空氣，看到最清澈的風景。

簡單愛(上)

最高級的數學，
就是要用一條最簡單的公式概括這個複雜的世界。

然而世界複雜就複雜在，
當我們選擇概括它，我們都變得複雜起來。

把自己的內心保持純粹，
將過多的雜質篩走，
用一條簡單的公式概括簡單的自己。

慢慢將自己 = 快樂。

succeeding New
for calling, upon
e compliments of
mment upon the
ected with the fes

f observing New
ns of commencing
ndships; and even
dating their favor-
rst meeting having
umstances.
ance may with per-
ostess in receiving
although the young
ll who may call.

TLEMEN.

n, but a blemish to m
nacy or a love of displ
respect may be mad.
ste.
r as little jewelry as
on the little finger o
ther large nor show
l, rather thin watch-
ught to wear. But
ything be real and
rity; its use arises f
er than its wearer
ds, sleeve buttons
and brilliants are
iry should never be
value may be worn
ore than one ring s

rather by its curio
bit of old jewelry
did production of th

e colors of your dre
Men should never,
nent.
reserved for ladies, and
without them. The
s, except on official o
dinary occasions, can not be too severely conden
those are really given for merit they will add nothi
fame; if, as in nine cases out of ten, they are
merely because the recipient has done his duty, th
impose on fools, but will, if anything, provoke only
inquiries from sensible men.

A New Year's introduction does not constitute a friendly, or even a social, acquaintance. A gentleman who is a stranger to the family should not feel at liberty to call again without a subsequent invitation.

世界把我們變得複雜，我們卻要令自己變得簡單。

不知你有沒有發現：複雜，讓我們變得難過。

幻想太多，猜想太多，會難過。在愛情的最初，在表白的時候，我們想的不過就是自己終於做了對方的男女朋友，自己終於可以名正言順地把他抱着，寵愛他，被他寵愛。

就這麼簡單而已。

時間久了，我們會開始發現對方未必像最初那樣開心，笑得那麼燦爛，陪伴自己的時間少了，對自己的回話敷衍了，我們開始會猜想，對方是不是不愛自己了。

然後猜想：她為甚麼不愛自己了？

是不是自己做錯甚麼了？

是不是有了新的對象？

他是不是後悔和自己一起了？

他……他……他現在在哪裏了？

很痛苦吧？你知道這些就是一些高敏症的人常常會出現的精神狀態嗎？我們越投入，越愛，就越來越容易變得高敏。

但這種敏感，通常都會讓我們更容易感受到疼痛，而非快樂。

想得太多，就會難過。但我們身處的這個世界，資訊物質的世界，甚麼電影，甚麼電視劇情橋段，都總是讓我們往無限的方面想。

我沒有辦法叫大家現在就不要想，若然要求一粒及時一點的止痛藥，我就想跟你說，一段關係開始之後，我們的感覺是很難同步的。

比如剛剛吵完架，他回復平和了，你還未回復，你們怎會在相同的感覺下回應對方呢？你工作很忙碌，他這天放假，下班之後你們約會了，他又怎麼可能要求你這一刻可以最精神奕奕，用最飽滿的語氣跟他談戀愛呢？一段關係的開始，同步太容易了，彼此都在同一條起跑線上，只是走的時候我們有快有慢，不能要求對方永遠和自己的步伐一致。

因此，不必因為這些特別傷感，也不必因為這些事而特別想太多。

我們生活要煩的東西太多了。

愛情嗎？簡單一點，及時抱緊。

就好了。

他不愛自己，
就是「他不愛自己」那麼簡單。

他劈腿了，
就是「他劈腿了」那麼簡單。

分析那麼多幹甚麼？
會有甚麼證書頒發給我們嗎？
有……有……有獎學金嗎？

如果有，我們一起分析。
沒有的話，我們一起做其他的事好過。

succeeding New
for calling, upon
e compliments of
mment upon the
ected with the fes

f observing New
ns of commencing
idships; and even
dating their favor-
rst meeting having
umstances.
ance may with per-
ostess in receiving
although the young
ll who may call.

TLEMEN.
n, but a blemish to m
nacy or a love of displ
respect may be mad.
iste.
r as little jewelry as
on the little finger o
ther large nor showy
of, rather thin watch-
ught to wear. But
ything be real and
rity; its use arises f
er than its wearer
ds, sleeve buttons
and brilliants are
ry should never be
value may be worn
ore than one ring a
rather by its curio
bit of old jewelry
ndid production of th
e colors of your dre
Men should never,
ment.
reserved for ladies, and
without them. The
s, except on official o
dinary occasions, can not be too severely condem
those are really given for merit they will add nothi
fame; if, as in nine cases out of ten, they are
merely because the recipient has done his duty,
impose on fools, but will, if anything, provoke only
inquiries from sensible men.

A New Year's introduction does not constitute a friendly, or even a social, acquaintance. A gentleman who is a stranger to the family should not feel at liberty to call again without a subsequent invitation.

剛剛說了迅速一點的止痛藥，那麼長遠的呢？

世界讓我們變得複雜，我們就要想盡辦法讓自己變得簡單一點。

很難的，從我們打開書本的第一刻，我們就開始變得複雜。從我們開始面對別人的一刻，我們就開始變得複雜。吸收的資訊越多，吸收的知識越多，看過的東西越多，我們就越來越複雜。這個世界所謂「正確」的道理，都是有得益的大多數決定的。他們佔據着「正確」的高地，因着這種「正確」而獲得利益。然後人們便跟隨了，因為可以輕易獲得安全感。

我們要想盡辦法，在每次我們開始想得多，情感變得複雜，越來越難以入睡的晚上，想一想為甚麼我們現在會不快樂。

想一想現在我們不快樂的事情，其實是實質的出現了嗎？

他為甚麼就是不回覆自己，越傳短訊越不回覆，是他變了嗎？其實有沒有可能是，我們越來越着緊，需要他回覆的密度越來越高，越來越緊張他的回覆，甚至開始着眼每一個標點符號，才讓我們患得患失？

為甚麼他消失了，是和誰在一起？是誰跟你說他和其他人在一起的？是你內心的懷疑，還是自己的小劇場？若然還未發生，我們因着未發生的事情而難過，太浪費我們「難過」的 quota 了。

退一步，想一想，經驗告訴我，事情的最後通常都是我們想太多了。若然沒有想多了，關係出現了問題，那你就要選擇，繼續，還是不繼續。而不是繼續在小劇場裏打轉。

約定俗成的想法太多太多，一時之間很難想清楚這是自己內心最真切的想法，還是耳濡目染之下我們加了很多假設而衍生的想法。但只要時間一久，慢慢來，每次都想清楚，把自己思想的反射動作和習慣好好理清，把太多複雜的事情慢慢變回自己內心最純粹的想法和感覺。

難過就會越來越少。

你的感覺就越來越清晰。

愛情的路，也會比以前易行得多。

我走過最複雜迂迴的愛情道路，流過無數最莫名其妙的眼淚，因此我更不想你們再走這條沒有價值的道路一次。

那條錯誤的路，逗留多一秒也嫌多。

最希望你們，不要被約定俗成的想法困住自己本應是最真摯，最簡單的內心。

慢慢來，一起離開。

執着？

你執着。
然後你執着要自己執着，
說執着才可以讓你好過一點。

別人告訴你放鬆會好一點。
然後你執着地放鬆，
你務必要把自己放鬆。

沒有必然需要立刻完成的事，
沒有可以立刻舒緩的情緒。

必須從內心了解自己的情緒，
才可以免於執着。

succeeding New
for calling, upon
e compliments of
mment upon the
ected with the fes

f observing New
ns of commencing
idships; and even
dating their favor-
rst meeting having
umstances.
ance may with per-
ostess in receiving
although the young
ll who may call.

TLEMEN.

n, but a blemish to m
macy or a love of displ
respect may be mad.
aste.
r as little jewelry as
on the little finger o
ther large nor showy
at, rather thin watche
ought to wear. But
ything be real and
rity; its use arises
er than its wearer
ds, sleeve buttons
and brilliants are
iry should never be e
value may be worn
ore than one ring sl

rather by its curio
bit of old jewelry
did production of th

e colors of your dre
Men should never,
ntal.
eserved for ladies, and
without them. The
s, except on official o
dinary occasions, can not be too severely conde
those are really given for merit they will add nothi
fame; if, as in nine cases out of ten, they are
merely because the recipient has done his duty, it
impose on fools, but will, if anything, provoke only
inquiries from sensible men.

A New Year's introduction does not consti-
tute a friendly, or even a social, acquaintance.
A gentleman who is a stranger to the family
should not feel at liberty to call again without
a subsequent invitation.

你執着嗎？

不知道甚麼時候開始，執着彷彿變成了一個負面詞語。你愛着他，他不愛你。你想他愛你，你就是執着。

你不想分開，他想分開，你就是執着。

都一年了，還是放不下他，還是會懷念以往最開心的時光，你就是執着。

其實我們每個人都執着，只是執着的程度不一。

但執着，又怎樣，我們有錯嗎？

我們從來都不需要別人教導我們不要執着，若然我們屢勸不改，他們仍然繼續教導我們，他們不也是執着嗎？

我只想跟你說的是，很多時候，執着會讓我們感到痛楚。

但第一個重點是：當我們執着「同一件事」，我們就感到越痛楚。

第二個重點是：我們可以執着讓自己變好，執着希望達到某一個夢想，達到一個目標，但當執着是希望別人，或者其他人的感受有所改變時，我們就會感到痛楚。

所以，就跟你說一個我以前常用的秘訣，希望對你們有幫助：當你因為執着同一件事而感到痛楚時，嘗試找多幾件事執着。

因為上一段關係的回憶而感到很痛，就多想前幾段的關係，若然沒有太多段的話，想想你還有甚麼事情未做好，然後不斷狂想。

通常很快我們內心的繃緊感覺就可以舒緩了。

第二個秘訣就是，把執着好好放在自己身上。與其在想為甚麼他會離開，在悔恨為甚麼沒有珍惜以前的光陰，試試想一想下一次你會如何愛，下一次你會怎樣過，執着把自己的「愛情度」提高，執着把自己的「戀愛慧根」提高。

第二個秘訣是有點難處理，不必一下子把自己的執着扭轉，而是在這些執着上加上其他執着。可以先想為甚麼他會離開，然後再想他離開的原因，然後再想下次你遇到另一個的話，怎樣你們才不會分開得那麼輕易。

層層遞進。

你會慢慢發現執着，也可以不痛的。

也可以很爽的。

有一種生活的盲點是：
只要我們抱着擔憂，
我們就為這件事努力了。

若然你無法好好放下擔憂感，
今天我很想你們做到的是：
為自己而努力。

擔憂自己的情緒失去平衡，
擔憂自己的生活過得不好，
就足夠了。

succeeding New
for calling, upon
e compliments of
mment upon the
ected with the fes

f observing New
ns of commencing
dships; and even
dating their favor-
rst meeting having
imstances.
ance may with per-
ostess in receiving
although the young
ll who may call.

TLEMEN.

n, but a blemish to m
nacy or a love of displ
respect may be mad
iste.
r as little jewelry as
on the little finger o
ther large nor showy
il, rather thin watch-
ought to wear. But
ything be real and
arity; its use arises f
er than its wearer
ds, sleeve buttons
and brilliants are
try should never be
value may be worn
ore than one ring s

rather by its curio
bit of old jewelry
odd production of th

e colors of your dre
Men should never,
ment.
reserved for ladies, and
without them. The
s, except on official o
dinary occasions, can not be too severely conden
these are really given for merit they will add noth
fame; if, as in nine cases out of ten, they are
merely because the recipient has done his duty,
impose on fools, but will, if anything, provoke only
inquiries from sensible men.

A New Year's introduction does not consti-
tute a friendly, or even a social, acquaintance.
A gentleman who is a stranger to the family
should not feel at liberty to call again without
a subsequent invitation.

更多時候，我們是擔憂前面的風景，沒有比逝去的風景美。以後的人，沒有比以往的人你更想愛。

擔憂，會上癮。但我們不知道甚麼可以止癮。

同樣是雪糕，為甚麼他送你的雪糕是最甜？為甚麼他跟你看的日出總是最漂亮？為甚麼他買給你的禮物總是最廉價，但珍貴？為甚麼他的面孔不是最漂亮，但你最愛？

失去那個人的那一刻，你的內心空洞得可以吞併整個宇宙。因為那個人，曾經就是你的宇宙。

其中一方決定不愛的那一天，你們的經歷注定成為歷史。我們傷感，不踏實，而其中有一部分的感覺，是「擔憂」。

我們開始擔憂以後將會孤獨一人，以後也找不到適合自己的人。這次用盡了心血，用盡了力去愛，然而得出一個悲劇的結果，讓我們的擔憂越來越成立。

其實愛情嘛，有點像一個隨機數。

可能是因為一個眼緣，可能是因為某次乘搭地鐵的緣分，可能是因為某個朋友的朋友參加了你們的派對，也可能是，不過是擦身而過，回望的一刻。

就開始了一段緣分。

就注定了一段緣分。

可能是因為你們的基因，可能是因為發生過的事情讓你們更加懂得愛，可能是因為朋友周遭的遭遇，可能是共同看了一齣感動到你們的心的愛情電影。

就決定了你們緣分可以走到多遠。

因此呀，並不是我們用盡了力，就會遇上一段最對的緣分。也並不是因為我們的經驗值有多少，就會讓我們的緣分必定可以走得更遠。

既然隨機，既然太多不可控的未知因素，因此也沒有甚麼憂慮了。這一刻的我們，就跟着這一個隨機的變化，先自己好好一個人地過。

說不定這段一個人的旅途，會遇到甚麼遭遇，會體驗得到甚麼，突然而又那麼隨機地讓你遇上一段對極了的緣分。

要擔憂，就擔憂自己之前的傷口是否可以及早癒合，儘快面對這一段新的，可能是最對的愛情。

再一次的緣分

有些事情，
多給一次機會，
會更好。

但大前提是，
在這一次機會來到之前，看看我們有沒有改變？
我們有沒有很了解自己之前為甚麼會失手？

若然沒有，
那些事情，
多給一次機會，
就等於多給一次機會給我們搞砸了。

succeeding New
for calling, upon
e compliments of
mment upon the
ected with the fes

f observing New
ns of commencing
dships; and even
dating their favor-
rst meeting having
mstances.
ance may with per-
ostess in receiving
although the young
all who may call.

TLEMEN.

n, but a blemish to m
nacy or a love of displ
respect may be mad
iste.
r as little jewelry as
on the little finger o
ther large nor showy
nt, rather than watch-
ught to wear. But
ything be real and
rity; its use arises f
er than its wearer
ds, sleeve buttons
and brilliants are
iry should never be
value may be worn
ore than one ring sh

rather by its curio
bit of old jewelry
did production of th

e colors of your dre
Men should never,
ment.
reserved for ladies, and
without them. The
s, except on official o
dinary occasions, can not be too severely condem
those are really given for merit they will add nothi
ferent if, as in nine cases out of ten, they are
merely because the recipient has done his duty, th
impose on fools, but will, if anything, provoke only
inquiries from sensible men.

A New Year's introduction does not constitute a friendly, or even a social, acquaintance. A gentleman who is a stranger to the family should not feel at liberty to call again without a subsequent invitation.

你大概也有試過，真的非要那個人不可，真的很想和那個人復合。

我們都曾經想過，叫我們放棄甚麼都可以，我們就只想和那個人一起，或者只想和那個人「再一起」。

然後我們說：我們甚麼都可以改，我們甚麼都可以做，我們甚麼都可以犧牲，只要他願意。

重點就是，我們「說」我們甚麼都可以改。

我們對着那個人「說」我們甚麼都可以改。

我們就是那麼焦急地，恨不得讓他知道，現在的自己是一個這麼全心全意地對待他。因此我們不斷地「說」，我們不斷地苦苦哀求，把自己放在很低很低的位置。

這樣的「改變」，不過是「哀求」。

我們甚麼都沒有做啊。

就是哭了千遍百遍，就以為自己下定了決心。

若然真的非要那個人不可，真的那麼想復合，我們唯一可以做的，就是給自己一段「靜下來」的時光。

好好把自己審視一遍，也把這段關係審視一遍。

然後——「改」。

有甚麼性格自己也覺得自己很不好，就改。有甚麼壞習慣會令自己處於一段關係的時候把關係破壞的，而你也想改的，就改。

以不急於讓對方知道的速度，把自己從「根本地」改好。

記住，必須要「根本地」改好。

對方會感受到的。不需要你親自說出口的。親自說出口的，就算是真的，也沒有甚麼人會相信，反而得了反效果，對方以為你逼他。

因此嘛，把自己「根本地」改好，可能有另一段緣分突然出現，你剛好成了一個更好的人，得到了那個更好的他。有可能你之前的那位剛好回頭，剛好看到那個閃閃發亮的你，剛好他也變成了更好的自己，成就了這段更對的緣分。

這篇文章很很很重要的，多看幾次呀！

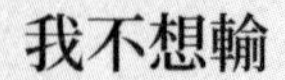

我不想輸

贏輸是一種對立，
但愛情從來都不是。

不必把世界的二分法全部都套用在愛情，
愛情都不過是兩個人（通常），
還有必要那麼細分嗎？

succeeding New
for calling, upon
e compliments of
mment upon the
ected with the fes

f observing New
ns of commencing
ndships; and even
dating their favor-
rst meeting having
mstances.
ance may with per-
ostess in receiving
although the young
ll who may call.

TLEMEN.

n, but a blemish to m
nacy or a love of disp
respect may be mad.
ste.
r as little jewelry as
on the little finger o
ther large nor showy
al, rather thin watch
ught to wear. But
ything be real and
rity; its use arises
er than its wearer
ds, sleeve buttons
and brilliants are
iry should never be
value may be worn
ore than one ring
rather by its curio
bit of old jewelry
ndid production of th
e colors of your dre
Men should never,
ment.
reserved for ladies, and
without them. The
s, except on official o
dinary occasions, can not be too severely conden
these are really given for merit they will add nothi
fame; if, as in nine cases out of ten, they are
merely because the recipient has done his duty, th
impose on fools, but will, if anything, provoke only
inquiries from sensible men.

A New Year's introduction does not constitute a friendly, or even a social, acquaintance. A gentleman who is a stranger to the family should not feel at liberty to call again without a subsequent invitation.

輸了的感覺是怎樣的？是從此無法面對這段關係，是無法面對自己，還是敢於承認這段關係出錯的，只是自己？

先說分開的，就贏了；被說分開的，就輸了。先把對方 block 了的，就贏了；還著望對方會傳來短訊的，就輸了。後悔的那位，就輸了；沒有後悔的，就贏了。

在這個總是以贏輸區分的社會，我們連分手都以贏輸區分，然後再以這些區分斷定自己的傷感程度。

扭曲的世界，扭曲的真相，我們連情感都扭曲了。最可怕的是，我們可以聯想的世界太小了，我們可以聯想的答案也太少了。既然人們都把愛情變成商品，把所有愛情的價值觀都「標語化」、「金句化」去販賣，為甚麼就不賣多幾款產品？

贏輸的產品也有很多。為甚麼先說分開的，就贏了，被說分開的，就輸了？為甚麼不可以先說分開的，讓兩位都成為贏家，讓大家以後可以在更廣闊的世界，尋找最適合自己的快樂？為甚麼被說分開的，不可以是更堅執地相信愛情的那一位？

太多的可能性了吧？

我總覺得，放不下的那一個，從來都沒有輸。她只是選擇把情感放在後一點，把關係放在前一點，也相信關係最後會帶來滿足的情緒。放得下的那一個，也沒有贏了那個放不下的甚麼。不過是選擇用更寬容的態度，去面對將來的可能性，也選擇以更寬容的態度，面對逝去的感情。

不過是情緒的選擇和對將來的期盼的差異。

贏了甚麼？

輸了甚麼？

真的要分贏輸的話，大家都贏了，大家都選擇好好面對自己的情緒，以最適合自己的方式繼續處理回憶，繼續處理期待。

快樂，是選擇。痛，都是選擇。

很多人會問，我都不想痛，我都不想這樣選擇。但你想深一層，那刻，當你因為傷感而無法快樂，你就只有痛了。痛恰恰成為了你回憶的避難所，成為了你康復之前的「苦口良藥」。

你的情緒和保護機制早已經為你選擇了。

因此啊，好好面對寬容，好好面對傷感就好。

那些單一的標籤化的商品，我只可以說，那些商人比較缺乏創意。被這些商品決定情緒實在太不值得了。

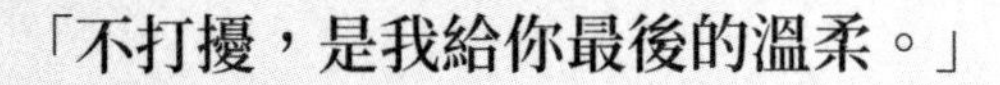

「不打擾，是我給你最後的溫柔。」

他不愛你，
是他最後的選擇。

你不打擾，
也是你最後的選擇。

他在最後也許沒有給你溫柔。

那你要給甚麼溫柔？
那你要感動誰人？

誰給誰溫柔？這又是甚麼溫柔？

這個世界彷彿急不及待地向你推銷各種有利可圖的「虛擬活動」。當然包括了分手之後，你渴望擁有，但現實無法擁有的「和他的互動」。

不打擾他，也變成了和他的互動，變成了「給他的溫柔」。

如果這是有用的安慰劑，也未嘗不可。但問題是，這個世界也同時給了你：「我付出了，那我要得到甚麼呢？」我付出了「最後的溫柔」，那你會付出「最後的」甚麼呢？

有些安慰劑，未必有效。有些安慰劑，有反效果。

使用前，最好想清楚它有甚麼沒有告訴你的「商品說明條款」。

不打擾，其實是你給自己的溫柔。你最需要的，是在這個最難過的時份，給自己溫柔。而不是要急不及待地，「自虐」般地還要付出甚麼，給別人溫柔，把自己放在最卑微的狀態。

你可能會非常短期地得到舒緩，但絕對會影響你長遠的心理狀態，和下一段關係。

這個世界最開宗明義給你說的，就是「情緒有害」。你給這個世界散發負能量，就有害。你妨礙這個世界積極地前進，就有害。你影響身邊的人的工作效率，就有害。因此，我會好好看清楚這些「安慰劑」，不但對自己有好處，也可以防止自己助紂為虐。

情緒，根本沒有害。

不打擾別人，就是給自己最好的「安靜」的情緒狀態，好好調整自己的心理。不讓自己在情緒下所產生的無緣無故的行為影響將來的自己，影響別人對自己的感官，影響你以後可以擁有的，好好的發揮。

不打擾別人，就等於不打擾自己。

讓自己安靜。

給自己最好的溫柔。

給自己最值得擁有的，在最艱難的時期裏，唯一可以擁有的溫柔。

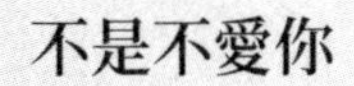

不是不愛你

一個人說分手，
那個人立刻就答應，
並不代表那個人不愛你。

一個人說分手，
那個人擾擾攘攘，
以各種傷感的姿勢纏繞着你，
也並不代表那個人愛你。
相反，
這反而可以確確實實地證明，
他愛的，可能只是自己。

succeeding New
for calling, upon
e compliments of
mment upon the
ected with the fes

f observing New
ns of commencing
dships; and even
dating their favor-
rst meeting having
umstances.
ance may with per-
ostess in receiving
although the young
ll who may call.

TLEMEN.
n, but a blemish to m
nacy or a love of displ
respect may be mad
ste.
r as little jewelry as
on the little finger o
ther large nor showy
al, rather thin watch
ught to wear. But
ything be real and
rity; its use arises f
er than its wearer
ds, sleeve buttons
and brilliants are
iry should never be
value may be worn
ore than one ring s
rather by its curio
bit of old jewelry
old production of th
e colors of your dre
Men should never,
nent.
reserved for ladies, and
without them. The
s, except on official o
dinary occasions, can not be too severely conden
these are really given for merit they will add nothi
fame; if, as in nine cases out of ten, they are
merely because the recipient has done his duty, t
impose on fools, but will, if anything, provoke only
inquiries from sensible men.

A New Year's introduction does not constitute a friendly, or even a social, acquaintance. A gentleman who is a stranger to the family should not feel at liberty to call again without a subsequent invitation.

你說分開的那天，是在黃昏的街道，偏冷的風吹過，我點一點頭，就答應了。

後來你問我為甚麼想也沒想，為甚麼沒有挽留，為甚麼沒有悲傷的神態。我只對你說，尊重你的決定。

事實上，我不是不愛你，也不是不掛念你，老實說還是心痛得很，那一刻就算早已預料到，內心還是好像被撕裂一樣，苦不堪言。但其實這些苦不堪言，一早出現在分開之前的很多天。

我的挽留，也在很多天很多天之前已經開始。

我早知一對情侶一起之後，感覺並不能永遠同步高低起伏，有時我開心，有時你不開心。有時我愛你多一點，有時你愛我多一點。我也一早知道一段關係裏我最接受不到的是冷暴力，但我也成熟的知道不能要求對方在不想的時候和自己溝通，於是就在很多個看似平靜的晚上，我就自己一個在想所有的解決方法，然後嘗試實踐出來。

你說分開的那天，我就知道，time is up。

作答的時間不夠，解決方法也沒能好好填寫出來。

分開的那天，心情是複雜的。實實在在地說，我的確可以立即就逃離了冷暴力的現場，不用再承受冰冷的面孔，但同時，所有美好的回憶也在我腦海掠過，羈絆着這個看似瀟灑的自己。

但我知道，瀟灑一點，你的內疚會少一點。

我知道，瀟灑一點，你就可以早一點向前走。

我知道，要表現自己的難受一點也不難，或者可以換到一點同情，但我不可以。

我向前走不了的路，你可以。

我不可以。但你一定可以。

我不是不愛你，反而是仍然很依戀着你的純真，你最快樂的時候的狀態，你不經大腦的說話，你看似堅強背後的情深。因此，你說要走，我一定要讓你走得好好的。

好好的。

補救

看到有甚麼不足的，
甚麼也不做，
只以愛的名義希望對方留住的，
叫情感勒索。

看到有甚麼不足的，
就做回來，叫補救。

看到有甚麼不足的，
然後重新從頭到尾審視這一段關係，
嘗試找回原初的感動，
找回最初愛對方的原因，
也找回最初對方愛自己的原因，
才叫愛。

succeeding New
for calling, upon
e compliments of
mment upon the
ected with the fus

f observing New
ns of commencing
idships; and even
dating their favor-
rst meeting having
imstances.
ance may with per-
ostess in receiving
although the young
ll who may call.

TLEMEN.

n, but a blemish to m
nacy or a love of displ
respect may be mad
ste.
r as little jewelry as
on the little finger o
ther large nor showy
al, rather than watch
ought to wear. But
ything be real and
rity; its use arises
er than its wearer
ds, sleeve buttons
and brilliants are
iry should never be
value may be wor
ore than one ring sl

rather by its curio
bit of old jewelry
odd production of th

he colors of your dre
Men should never,
ned.
reserved for ladies, and
without them. The
s, except on official o
dinary occasions, can not be too severely conden
those are really given for merit they will add nothi
fame; if, as in nine cases out of ten, they are
merely because the recipient has done his duty,
impose on fools, but will, if anything, provoke only
inquiries from sensible men.

A New Year's introduction does not constitute a friendly, or even a social, acquaintance. A gentleman who is a stranger to the family should not feel at liberty to call again without a subsequent invitation.

最接近分手的日子，我們都總是想盡辦法補救。

看到有甚麼漏洞，就補救甚麼漏洞。你說我不夠溫柔，我就想盡辦法溫柔一點。你說我們的關係沒有甚麼驚喜，我就不斷製造小驚喜。

最終才知道，漏洞只有越來越多。

因為補救的一方未必心甘情願，另一方也在隔岸觀火。

這些越來越多的漏洞，最終成為了彼此之間隔膜的藉口，這些藉口，最終也導致分手。

很多人也 inbox 問過我補救的方法，其實我也不怎麼回答所謂的補救方法，因為這些亡羊補牢式的救贖方式，也大底只為那個作出補救的人，有短暫的安穩，而這些救贖方式，最終還會引火自焚。

後來我開始發現，真正的補救，還需要由心動開始。他愛你，你不溫柔他也愛你。他愛你，你沒有驚喜他也會自己製造小驚喜。但我也很清楚，回到心動的最初太難，也太多人想延續某些有漏洞的關係，也明白相處了很久很久之後，生活的細節，就需要大家來磨合。

因此，就算回不了心動的最初，也要記着當初最吸引對方的那種吸引力，也要記着對方最初給自己的吸引力。

好好想一想對方為甚麼最初會選擇愛你，那一刻的你，就是最閃閃發亮的你。一個發亮的人，為甚麼會慢慢變成暗淡無光，可能是因為在關係裏作出太多的遷就，失去自己。也可能是在一段關係裏把自己的需求不斷放大，讓對方感受到壓力。

也有一種可能，就是因為在最初開始，其實並不是那麼愛。

找到最初的吸引力，可能才是最根本的補救方法。若然發現其實因為並不是那麼愛，也算是及早發現，及時止損，也不錯。

但有一件事很想你記住的，就是，補救，從來的責任都不止在你身上。若然你發現只有你一個重視這段關係，只有你一個在付出，這樣，真的只會辛苦了你自己，眼淚也只有你自己一個在流。

但若然就算只有你自己一個在付出，你也心甘情願的話，你就必須要作出一個最後的心理準備，就是他最終可能都會無視你的所有付出，讓你的心更傷。

若然都已經準備好了，心傷也不怕的話，又或者你根本無法控制自己，無法理性地作出任何部署，那就敞開自己的心，讓自己經歷一次沒有結果的付出的感受，又或者是作出沒有部署的補救吧。反正人一生就是要體驗世界的種種感覺。

若然最終你很痛很痛，痛到無法承受，就回來吧。有很多愛你的人在原地等你。我也會在這裏等你回來。

別怕。

不怪他的冷暴力

冷暴力最可怕的，
不是面對他的不回應。

而是當他不回應，你還要逼自己熱情，
就算再不快樂也要逼自己顯得快樂，
因為你害怕當自己不夠熱情，
這段關係只會更冷更冷。

你知道他已經棄權了，
你覺得若然自己都棄權了，
這段關係就真的沒救了。

而實情卻是：
當一方已經棄權，這段關係就早已沒救了。

succeeding New
for calling, upon
e compliments of
mment upon the
ected with the fes

f observing New
ns of commencing
dships; and even
dating their favor-
rst meeting having
mstances.
ance may with per-
ostess in receiving
although the young
ll who may call.

TLEMEN.

n, but a blemish to m
ancy or a love of displ
respect may be mad
ste.
r as little jewelry as
on the little finger o
ther large nor showy
al, rather than watch
ught to wear. But
ything be real and
rity; its use arises f
er than its wearer
de, sleeve buttons
and brilliants are
elry should never be
value may be worn
ore than one ring sl

rather by its curio
bit of old jewelry
did production of th

e colors of your dre
Men should never,
ent.
reserved for ladies, and
without them. The
s, except on official o
dinary occasions, can not be too severely conden
those are really given for merit they will add nothi
fame; if, as in nine cases out of ten, they are
merely because the recipient has done his duty, t
impose on fools, but will, if anything, provoke only
inquiries from sensible men.

A New Year's introduction does not constitute a friendly, or even a social, acquaintance. A gentleman who is a stranger to the family should not feel at liberty to call again without a subsequent invitation.

不怪他的冷暴力，因為曾經看過他最熱情的一面。就算最終每天只能閒聊一兩句，就算最終所有的問題都放在眼前，仍然選擇不解決，也不必怪他的冷暴力，因為你不負這段關係。

一段關係走向衰亡，是否真的需要提到底這是誰的責任？

冷暴力的出現，是否最終需要提這是誰的責任？

都不必了，因為一段關係最重要的起點，是想大家都快樂。當連解決問題也成為負擔，當連多聊一句也感覺到沉重，讓這段關係走到盡頭誰也沒錯，誰也沒有必要負擔起這個繼續這段關係的責任。

因此，不必怪他的冷暴力，但你同時也不必怪自己為甚麼讓他由熱情演變成冷暴力。

看着他由熱情變成冷暴力，你已經夠傷了。看着他想快點讓關係走到盡頭而你還在原地等候，你已經夠傷了。也許你有時也會埋怨自己為甚麼這樣有耐性等待，忍耐力為甚麼這麼好，為甚麼自己總是會幻想如果後都會天晴，你會可以找回最初那個熱情的他。種種種種的消耗，都讓你夠傷了。

然而就算傷夠了，你也走不了。

他越冷淡，你就越怕自己有一天會變得冷淡，然後沒有人負擔起這個愛情繼續走下去的動力，於是你逼自己更加熱情，逼自己在沒有回音的山谷叫喊，然後說服自己任何風吹草動，都已是回音一種。

你累嗎？你真的還可以這樣下去嗎？

你知道這樣會把自己的元氣也傷掉嗎？知道這樣會讓你下一段關係更難以開始，更小心翼翼，更膽戰心驚嗎？

我知道就算你知道，你這刻也許仍然會這樣下去。因此我只想在這裏畫一條線，讓你嘗試先慢慢接受，他的冷暴力的出現，不要計入成為自己的責任。至於若然你願意繼續承受他的冷暴力，那就當作是為自己的心變得更強大，而作出訓練吧。

有更強大的心，當下一個來到時，你再不會太容易代入情緒的陷阱。

也好吧。

就算在開始前如何小心謹慎，
就算決意要在開始後如何小心翼翼，
當愛情真正走過的時候，
我們都總是如此兵荒馬亂。

在最應該冷靜的時候慌張。
在最應該決斷的時候猶豫不決。

就算經歷過多少愛情，就算在每一段愛情都學到了各樣理論，學到了如何更好地經營一段愛情，但當下一段愛情來到的時候，我們都還是如此兵荒馬亂。

告訴自己心動的時候最應該要冷靜，但我們仍然會被心動所迷惑，忘記了原則。

就算知道當甚麼事情發生之後我們必須要決斷分開，就是因為以前的種種經歷，因為以前的種種猶豫不決令我們渡過了多少個最難捱的晚上，偏偏就在那個最應該決斷的時候，我們還是會像以前一樣心軟，然後猶豫不決。

這都沒有錯。

經歷過幾段愛情之後，我們都知道自己是被情緒所擺佈的物種。

告訴過自己分開以後不要再看另一半的動態回顧，也告訴過自己不要再有意無意打探對方的消息，也許我們還告訴過自己找一些新的事情做，就可以分散自己的注意力。但當情緒來到的時候，我們的原則就輕易被情緒的風一吹就散。那些本應可以好好保護自己的分析，來到了情緒的關口，還是很輕易被感性所打敗。

這都沒有錯。

人的存在意義，在於我們有最複雜的感官感受世界上的各種事物。若然理性總是這樣大於感性，那我們不過就像一個一個複製人，每天工作，生活，睡覺，在所謂的「大原則」下生活，失去了獨一無二的個性。

或者說，這不算生活，就只是生存。

兵荒馬亂的日子，就任由它兵荒馬亂吧。情緒失控的日子，就任由它情緒失控吧。經驗無法真正幫助到我們怎樣怎樣做可以愛得好一點，怎樣怎樣做就可以得到一段真正的愛情，怎樣怎樣做就不會再難過。但經驗可以如此擲地有聲地告訴我們一個鐵一般的事實：

兵荒馬亂之後，時間會慢慢收拾一切。

情緒失控之後，時間會慢慢收拾一切。

難過以後，過一段時間，我們就可以好好過。

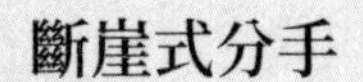

斷崖式分手

並沒有一種分手是沒有原因的，
只有及早察覺到，
或者是最後才發現。

遇過很多的讀者 inbox 告訴過我他們遇到斷崖式的分手。

對方在沒有任何先兆之下就跟自己說分手，或者失蹤，令他們比一般的分手更加難過。

沒有一種分手是沒有原因的，只是那個原因是否我們所接受得到。

斷崖式分手最痛的地方就是，我們到最後都無法確定因由，那個原因可能不過是因為對方的過錯，例如他愛上了另一個，例如他熱愛新鮮感，也可能因為對方接受不到自己的某些他看起來不喜歡的「缺點」，例如太體貼，例如太愛分享自己的事，也渴望對方分享對方的事，偏偏他沒有這個需要。

斷崖式分手給人的第一個感覺就是猛烈的痛楚和不知所措。但我們必須要知道我們是否真的「有必要感受這種痛楚」。

就算分手沒原因，我們都還是分手了。最根本的原因，就只是不愛了。

不愛了，還不夠嗎？

愛情必須是雙方都同意的。你還很愛一個人，但對方不愛了，這就已經不構成愛情了。你可以說，若果自己知道原因，說不定可以說服對方，或者消除某些誤解。但你有沒有想過，對方連原因都不說，或者他們根本不介意有沒有誤會，或者根本沒有愛到那麼需要認真。

那你自己一個認真幹嘛？

他可以斷崖式分手。

你也應該要斷崖式決絕離開現場。

你已經要承受他沒有承受到的「不知情」的痛楚了，還要受到更加不公平的對待嗎？

把心力留在好好養傷，一定會比把心力放在挽留，放在尋找分開的各種原因好得多。

那個被「塑造」的你

你並沒有義務變為
別人心裏面「塑造」的那個你。

那些急於斥責你有問題的人，
他們只是喜歡他們心裏面「塑造」的你。

或者說，他們最喜歡的，是自己。

真正愛你的人，
他會把你的所謂「缺點」都看成優點。

真正愛你的人，只想見到你快樂。

他會覺得你的快樂，比他的快樂還要大。

succeeding New
for calling, upon
compliments of
mment upon the
ected with the fes

f observing New
ns of commencing
dships; and even
dating their favor-
rst meeting having
mstances.
ance may with per-
ostess in receiving
although the young
all who may call.

TLEMEN.

n, but a blemish to m
nacy or a love of disp
respect may be mad.
ste.
r as little jewelry as
on the little finger o
ther large nor showy
l, rather than watch-
ught to wear. But
ything be real and
rity; its use arises
er than its wearer
ds, sleeve buttons
and brilliants are
iry should never be
value may be worn
ore than one ring al

rather by its curio
ilt of old jewelry
ndid production of th

colors of your dre
Men should never,
nent.
reserved for ladies, and
without them. The
s, except on official o
dinary occasions, can not be too severely conden
these are really given for merit they will add nothi
fame; if, as in nine cases out of ten, they are
merely because the recipient has done his duty, t
impose on fools, but will, if anything, provoke only
inquiries from sensible men.

A New Year's introduction does not consti-
tute a friendly, or even a social, acquaintance.
A gentleman who is a stranger to the family
should not feel at liberty to call again without
a subsequent invitation.

所謂的「愛」說出口太輕易，因此更需要分辨誰是真正愛你的人。以愛之名不斷指罵你，不斷把你們變成他心目中那個幻想出來的「愛人」的，他們愛的只是自己。

不知你有沒有遇過那些急於要把你改變的人？

他們總是有各種道理說服你，說你這樣做有問題，說你這樣做令他不舒服，說你這樣做會影響這段關係。

於是你便陷入了不斷改變自己的大圈套。

他們喜歡的，只是他們心裏面「塑造」的那個愛人，然後把你套入這個他們幻想的世界裏。若然那個不是你，他們便會找另一個人，然後再把對方套入他們幻想的世界。

他們從根本性地漠視了那個獨一無二的你。

而你偏偏不想失去這段愛情，於是便心甘情願地把自己改變，不斷迎合他的需求，不斷把自己塑造成為那個不是自己的自己，為的就是要延續這段關係。

到了最後，他要求的越來越多，他要求的改變越來越過分，那時候你再看一看自己，發現自己早已面目全非，那個自己，早已經不是自己了，於是你便更害怕失去他。

這個惡性循環的圈套，從第一步就不要踏進去了。

遇上那些不斷要求你改變的人，你必須先告訴他這樣的自己才是自己，他不喜歡，就沒有辦法了。正如你也不會不斷要求對方改變一樣。

要愛，就愛這個真真正正的你。

不然的話，那些所謂的愛，根本不是你所需要的關係。

不必因為缺愛就接受那些人，因為愛上那些人之後，只會讓你感到更加缺愛。

他會不會是下一位前度

拍拖的次數多了之後，

你好像樂觀了，
覺得愛情還是隨性一點，
來就來，去就去。

但你又好像悲觀了，
發現以前就算怎樣認真，
怎樣覺得這一次就是真愛，
還是分開收場。
於是你總是懷疑這一次會不會也是這樣？

succeeding New
for calling, upon
e compliments of
mment upon the
ected with the fes

f observing New
ns of commencing
dships; and even
dating their favor-
rst meeting having
mstances.
ance may with per-
ostess in receiving
although the young
all who may call.

TLEMEN.

n, but a blemish to m
nacy or a love of displ
respect may be mad
iste.
r as little jewelry as
on the little finger o
ther large nor showy
al, rather than watch-
ought to wear. Bet
ything be real and
rity; its use arises f
er than its wearer
ds, sleeve buttons
and brilliants are
elry should never be e
value may be worn
ore than one ring al
rather by its curio
bit of old jewelry
did production of th
e colors of your dre
Men should never,
ent.
reserved for ladies, and
without them. The
, except on official o
dinary occasions, can not be too severely condem
those are really given for merit they will add nothi
fame; if, as in nine cases out of ten, they are
merely because the recipient has done his duty, t
impose on fools, but will, if anything, provoke only
inquiries from sensible men.

A New Year's introduction does not constitute a friendly, or even a social, acquaintance. A gentleman who is a stranger to the family should not feel at liberty to call again without a subsequent invitation.

是因為以前的經歷讓我們無法好好純粹地再愛一次。

每次都覺得那一段愛情是真愛，那一段愛情必然和以前的不同，這次是最愛，這是最認真，但偏偏還是失敗收場。

於是你開始不相信自己的直覺了，還開始懷疑自己的愛情觀是不是出現了甚麼問題，甚至開始懷疑自己的性格，心態，種種種種，是不是出了甚麼重大事故。

然後抱着這些懷疑去愛下一個。

到底經歷讓我們成長，還是讓我們的勇氣萎縮了？

必須要儲夠眼淚，才敢愛下一個。

必須要儲夠力氣，才可以慎防下一次的身心俱疲。

經歷讓我們懂得保護自己，但同時永久損毀了我們最純粹的愛情直覺。

失去了豁出去的勇氣，失去了流淚的勇氣，我們也許同時失去了那個懂得愛別人的自己。

我們好像樂觀了，開始看淡愛情，開始不計較結果；但我們又好像悲觀了，總覺得愛情都會隨着時間趨向衰亡。

這是我們隨着經歷而產生的不可解決的問題。

唯一讓我們跳出這個惡性循環的，是終於遇上那個真正對的人。

那個人，會安撫你的戰戰兢兢，會慢慢讓你重拾勇氣，會有耐性讓你慢慢找回信心，也會讓你有足夠的心動持續走下去。

你遇上那個人之前，唯一需要的，就是抱着那些戰戰兢兢的心態，那些經歷給你的沉重壓力，踏出一步，帶着保護色再愛一次。

而那個人，必然會看穿你的保護色，讓你逐步重新變得閃閃發光，讓你身上重新顯現出最獨一無二、最易於辨認的顏色。

有些人說這是任性，
他卻說這是你最忠於自己的最可愛一面。

有些人說這是三心兩意，
他卻說這是你依從自己的感覺而行。

總會有一個人，
他會穿越這個世界的所有既定價值觀，
以最「包容」的心去愛你。

別人說這是辛苦的「包容」，
但對他來說卻不費吹灰之力。

succeeding New
for calling, upon
e compliments of
mment upon the
ected with the fes

f observing New
ns of commencing
idships; and even
dating their favor-
rst meeting having
umstances.
ance may with per-
ostess in receiving
although the young
ll who may call.

TLEMEN.
n, but a blemish to m
nacy or a love of displ
respect may be mad
ste.
r as little jewelry as
on the little finger c
ther large nor showy
al, rather thin watche
ught to wear. But
ything be real and
rity; its use arises f
er than its wearer
ds, sleeve buttons
and brilliants are
iry should never be c
value may be worn
ore than one ring at

rather by its curio
hit of old jewelry
did production of th

e colors of your dre
Men should never,
ment.
reserved for ladies, and
without them. The
s, except on official o
dinary occasions, can not be too severely conden
these are really given for merit they will add nothi
fame; if, as in nine cases out of ten, they are
merely because the recipient has done his duty, t
impose on fools, but will, if anything, provoke only
inquiries from sensible men.

A New Year's introduction does not consti-
tute a friendly, or even a social, acquaintance.
A gentleman who is a stranger to the family
should not feel at liberty to call again without
a subsequent invitation.

請你相信，這個世界會有一個人，包容你所有的任性，包容你所有的三心兩意。

他會在你最厭惡的時候，站在與你保持距離的位置。然後在你說要回來的時候，他會以最平穩的表情掩蓋最快樂的心情，站在你面前，讓你重新選擇。

這個世界總是會把他們不喜歡的人「標籤」。而我們亦慢慢變得容易以這些標籤去批評別人。為甚麼你愛得這麼「任性」？為甚麼你對待愛情總是這麼「三心兩意」？

除了大是大非，愛情裏還是沒有甚麼必然的對錯。只是在那些不是真愛的人面前，我們的這些真性情都容易變為「錯誤」。

那要怎樣才好呢？

錯愛太多，我們被愛人批評得多，變得不敢「任性」。錯愛太多，我們的每一步變得小心翼翼，害怕自己的「價值觀」被人拿出來抨擊，害怕自己對待戀人的態度被別人拿出來抨擊。

甚麼都怕，越愛越怕。

真正愛你的那個人，真正對的那個人，只會讓你越來越勇敢。讓你勇敢地做自己，讓你勇於表達自己的真心想法，他也會讓你真正明白甚麼是愛。

別人可能說這樣的包容對這個人太苛刻了？長此下去會不會辛苦了這個人？

但我想跟你說，這個真正對的人，這些所謂的包容，對他來說不費吹灰之力，因為他是真正愛另一個人的全部，在他眼裏，這個人的所有都好。

別人說你的「不好」，他也覺得好。

你所有的「壞」，對他來說，都很好。

遇上這個人，一定要珍惜。因為這樣的人很難遇見的。因為這樣的人，若果你最終失去了，一定會後悔莫及。

分過手的人都明白：「記憶是雙面刃。」
一邊讓你沉迷，
一邊把你傷害得很深。

succeeding New
for calling, upon
e compliments of
mment upon the
ected with the fes

f observing New
ns of commencing
dships; and even
dating their favor-
st meeting having
mstances.
ance may with per-
ostess in receiving
although the young
ll who may call.

TLEMEN.

n, but a blemish to m
nacy or a love of displ
respect may be mad
aste.
r as little jewelry as
on the little finger o
ther large nor showy
at, rather thin watch-
ught to wear. But
ything be real and
rity; its use arises f
er than its wearer
ds, sleeve buttons
and brilliants are
iry should never be
value may be wor
ore than one ring sh

rather by its curio
bit of old jewelry
ndid production of th

e colors of your dre
Men should never,
ment.
reserved for ladies, and
without them. The
s, except on official o
dinary occasions, can not be too severely condem
those are really given for merit they will add nothi
farm; if, as in nine cases out of ten, they are
merely because the recipient has done his duty, t
impose on fools, but will, if anything, provoke only
inquiries from sensible men.

A New Year's introduction does not constitute a friendly, or even a social, acquaintance. A gentleman who is a stranger to the family should not feel at liberty to call again without a subsequent invitation.

到底回憶是解藥還是毒藥？有時候我們會慶幸自己有過這段回憶，有時候又會對這些回憶後悔莫及。我們都總喜歡把回憶美化，把回憶裏那些難過的，醜陋的，厭惡的，通通忘記。

但可能就正正因為這個機制，回憶才變得如此珍貴，而這樣的回憶也許才是我們最值得擁有的東西。

難過不是回憶嗎？痛苦的不是回憶嗎？為甚麼這些不值得我們長留心裏？

人生的苦太多了，人生的困難也太多了，我們每個人生存的目的都是體驗這個世界，當然有痛苦，有開心，有難過，也有刺激。但我們都應該整存這些回憶，把最快樂的留在心裏，將每個遇過的人都視為生命裏值得記住的人。把太多的傷感留在心裏，會讓我們把這些人都排除在自己的生命以外，我們都不自覺希望自己從來沒有遇上那些人。

就讓記憶令我們沉迷。

就讓記憶把那些曾經把我們傷得很深很深的部分，在一段時間過後，通通忘記。

就讓那些曾經傷害得自己很深的人，都變成值得遇上的那些人。

因為他們都教會了自己更懂得愛。

就讓那些破碎的甜言蜜語，那些不再值得紀念的紀念日，都變成我們值得紀念的體驗。

因為它們讓我們變得有血有肉。

不快樂的，好好封存。

快樂的，留下慢慢紀念。

愛也好，不愛也好，都只不過是我們這個人生的苦海浮沉裏隨機遇上的事物。我們會遇上的事物有限，會遇上的人有限，把這些美好的一面都好好記着，

讓自己好好過，

才是對自己生命最好的回應。

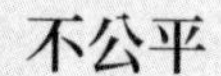

不公平

有一種不公平的痛楚是：
當你切切實實為一段愛情努力過，
然後仍然失散了的時候，
你就會發現到全世界任何一個人，

「都比你和他登對」。

succeeding New
for calling, upon
e compliments of
mment upon the
ected with the fes

f observing New
ns of commencing
idships; and even
dating their favor-
rst meeting having
mstances.
ance may with per-
ostess in receiving
although the young
ll who may call.

TLEMEN.

n, but a blemish to m
nacy or a love of displ
respect may be mad
ste.
r as little jewelry as
on the little finger o
ther large nor showy
l, rather thin watch-
ught to wear. But
ything be real and
rity; its use arises f
er than its wearer
ds, sleeve buttons
and brilliants are
iry should never be c
value may be worn
ore than one ring sl

rather by its curio
bit of old jewelry p
odd production of th

e colors of your dre
Men should never,
ent.
reserved for ladies, and
without them. The
s, except on official o
dinary occasions, can not be too severely conden
those are really given for merit they will add nothi
fame; if, as in nine cases out of ten, they are l
merely because the recipient has done his duty, t
impose on fools, but will, if anything, provoke only
inquiries from sensible men.

A New Year's introduction does not consti-
tute a friendly, or even a social, acquaintance.
A gentleman who is a stranger to the family
should not feel at liberty to call again without
a subsequent invitation.

愛情不是競賽，也不是角力。這個道理我們都懂。

但當你發現他和她的愛情比你和他的愛情更深的時候，當你發現他和他比較登對的時候，我們都會難過。

最痛的就是，當我們為這段愛情努力過，然後還要分手，還要分手得那麼難看的時候，我們都會發現，原來自己和那個人的愛根本不值一提。原來我們都浪費了時間。原來所謂的深情，都比不上別人的一個眼神。

於是我們會痛。

看着他和她站在自己面前，我們的心，會很難過。

以為已經放下了的，原來還沒有放下。

說服到自己這是錯愛，然後想好好遇上下一個真愛，但原來站在更登對的他們面前，還是會難過。

原來就算自己如何理性面對，也會發現自己的腦袋一塌糊塗。

為甚麼這個世界會這樣不公平？你愛他的，比其他人的更多，你付出的，也比一個他剛剛遇上的人多很多很多，為甚麼你就是那個失敗的那位，不登對的那位。

很想告訴你，這樣的心理狀態絕對是尋常的。

我們也不必因為這樣的心理狀態，而質疑自己一直以來的戀愛觀。既然我們知道那位是並不適合自己的那一位，我們就不必被這些尋常的難過沖昏頭腦。

社會一直教我們比較，將我們拿來比較，才讓我們有這些直接的心理反應。好好把這些心理反應抽離，若然抽離不到，就學會明白這些心理反應是社會加諸給我們的，明白以後，帶着這些難過，好好尋覓下一個真愛。

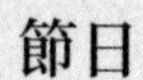

節日

聖誕節快樂。
萬聖節快樂。

我們是不是要把所有節日都避開了，
在一個普通的週末分手？

分手要擇日子嗎？

有哪天宜分手，哪天忌復合嗎？

succeeding New
for calling, upon
e compliments of
mment upon the
ected with the fes

f observing New
ns of commencing
idships; and even
dating their favor-
rst meeting having
ımstances.
ance may with per-
ostess in receiving
although the young
ll who may call.

TLEMEN.

n, but a blemish to m
nacy or a love of displ
respect may be mad
iste.
r as little jewelry as
on the little finger o
ther large nor showy
al, rather thin watch-
ought to wear. But
ything be real and
rity; its use arises f
er than its wearer i
ds, sleeve buttons
and brilliants are
iry should never be e
value may be worn
ore than one ring s
rather by its curio
bit of old jewelry
odid production of th
he colors of your dre
Men should never,
ment.
reserved for ladies, and
without them. The
s, except on official o
dinary occasions, can not be too severely condem
these are really given for merit they will add nothi
fame; if, as in nine cases out of ten, they are
merely because the recipient has done his duty, t
impose on fools, but will, if anything, provoke only
inquiries from sensible men.

A New Year's introduction does not consti-
tute a friendly, or even a social, acquaintance.
A gentleman who is a stranger to the family
should not feel at liberty to call again without
a subsequent invitation.

有一個朋友，他在聖誕節被分手了。

後來他跟我說，不明白為甚麼那個女孩偏偏要在聖誕節和他說分手。讓他以後的聖誕節，都無法快樂了，都有陰影了。

說到這裏，把這本書從第一頁開始看起來的你，大概明白我想說甚麼了。

聖誕節分手又怎樣？

是不是萬聖節分手就會好一點？

我們是否有必要把情緒排除在這些「購物性質濃厚」的節日之外？若然你篤信基督教，這樣的「情緒排除」就變得更加詭異了。這不過是耶穌出生的日子，是我們用來紀念偉大的耶穌在這個世界拯救世人的宗教日子。

分手又怎樣？

我們有必要把這個傷感的行為，在節日裏添上更濃厚的傷感嗎？

愛情，不必避重就輕，更不必無理地避重就輕。

一段關係裏，我們只需要最純粹地感受它最脆弱的部分，它所帶來的傷害，它所給你學懂的事，就已經足夠用盡你的心力了。

不要被更多瑣碎事情損耗自己。

知道嗎？

好好看清楚世界的掩眼法。

和看清楚這些掩眼法給自己更多更多的混亂。

陷阱太多，必須小心。

朋友都不喜歡他

這個社會看起來就是：
要得到這個人的喜歡，
就要他的父母都喜歡自己，
就要他的朋友都喜歡自己，
就要他的整個社交圈都容納自己。

是甚麼時候一段關係變得這麼吃力，
怎麼談一場戀愛好像變成同時要談幾場戀愛。
稍一不慎，關係就沒有了。
你一生人裏的考試都已經那麼多了，
還有必要給自己多一場這樣的考試嗎？
還有必要這麼如履薄冰嗎？
對方也有必要下這樣的一道考題，
當一個這樣的監考官嗎？

succeeding New
for calling, upon
e compliments of
mment upon the
ected with the fes

f observing New
ns of commencing
adships; and even
dating their favor-
rst meeting having
umstances.
ance may with per-
ostess in receiving
although the young
ll who may call.

TLEMEN.

n, but a blemish to m
nacy or a love of displ
respect may be mad
aste.
r as little jewelry as
on the little finger o
ther large nor showy
al, rather thin watch-
ught to wear. But
ything be real and
rity; its use arises f
er than its wearer
ds, sleeve buttons
and brilliants are
ry should never be e
value may be worn
re than one ring a

rather by its curio
bit of old jewelry
valid production of th

e colors of your dre
Men should never,
ment.
reserved for ladies, and
without them. The
s, except on official o
dinary occasions, can not be too severely conde
those are really given for merit they will add nothi
fame; if, as in nine cases out of ten, they are
merely because the recipient has done his duty, t
impose on fools, but will, if anything, provoke only
inquiries from sensible men.

A New Year's introduction does not constitute a friendly, or even a social, acquaintance. A gentleman who is a stranger to the family should not feel at liberty to call again without a subsequent invitation.

我沒有想過，有的愛情死症，竟然是朋友都不喜歡他。

不知道為甚麼「朋友都不喜歡他」竟然成了這麼大的一個課題。

這個人最有需要知道的，是找到一個大家相處都舒服的方式。你的朋友不喜歡他，這些不喜歡可以很不理性，總之就是「不舒服」。

不舒服，如果想他們並存，就有責任找一個讓他們都舒服的方式。

對一個人的愛，其實不需要別人跟你說三道四，自己感受就好，愛人想得到的愛不是從愛人的朋友身上得到的。有時候如果因為別人的流言蜚語，影響關係，是對愛人最不公平的對待。

一段關係裏，需要面對的問題有很多，要面對的社會壓力隨時也有很多。甚麼冷淡期，甚麼磨合期，也許通通通通都需要面對及處理。朋友的聲音，其實應該是相對較少的壓力。溝通很重要，但若果這種「不舒服」不是靠溝通就可以解決的，不見面就好，不見面就「最舒服」。必須要見面，就在見面之前找到一個比較舒服的方法。

他們的「不舒適」很重要。

自己是否感到舒適也很重要。

需要尊重他們，他們也需要尊重自己。

把這些看似很大的問題逐漸縮小，沒有解決辦法，也會有舒緩辦法。

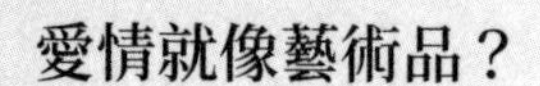

愛情就像藝術品？

我們把不容易被理解的事定義為「抽象」，
但偏偏這麼實際地處理愛情問題。

用一個錯誤的鑰匙去解鎖，
可能會把鎖也弄壞了。

用錯誤的「價值觀」公式去處理愛情問題，
以為處理好了，
以為泥土充滿了養分，
以為足夠潮濕，
以為有足夠的陽光，
但其實愛情的根
可能因為藥石亂投，已經開始腐壞。

succeeding New
for calling, upon
e compliments of
mment upon the
ected with the fes

f observing New
ns of commencing
ndships; and even
dating their favor-
rst meeting having
rmstances.
ance may with per-
ostess in receiving
although the young
all who may call.

TLEMEN.

n, but a blemish to m
nacy or a love of displ
respect may be mad.
ste.
r as little jewelry as
on the little finger o
ther large nor showy
al, rather than watch
ught to wear. But
ything be real and
rity; its use arises
er than its wearer
ds, sleeve buttons
and brilliants are
iry should never be
value may be worn
ore than one ring sl
rather by its curio
bit of old jewelry
did production of th
e colors of your dre
Men should never,
ment.
reserved for ladies, and
without them. The
s, except on official o
dinary occasions, can not be too severely conden
these are really given for merit they will add nothi
fame; if, as in nine cases out of ten, they are l
merely because the recipient has done his duty, th
impose on fools, but will, if anything, provoke only
inquiries from sensible men.

A New Year's introduction does not constitute a friendly, or even a social, acquaintance. A gentleman who is a stranger to the family should not feel at liberty to call again without a subsequent invitation.

你有參觀過藝術展嗎？覺得藝術品抽象嗎？

如果沒有接觸過很多藝術品，然後第一次參觀藝術展，大概會覺得這些藝術品都很抽象，不明所以。就算已經有很多的注釋，還是始終無法理解。

因為我們都在用平時日常訓練出來的理性，看待這些藝術品。

而這些藝術品的創作初心，大概就是用一些影象將內心最純粹的感覺投射出來。怎麼這個明明是一個面孔，但眼那麼大，鼻子那麼小，臉容那麼扭曲？

可能是因為這個藝術家的心裏的那個想表達的人，眼睛受了很多社會的刺激，於是畫家急不及待地要把這樣的感受表現出來。我們就會覺得，不合比例嘛，沒有人的臉容是這樣的。

對，沒有人的臉容是這樣的，我們就是把日常生活看到的東西，慣性地成為我們審視各樣事情的標準。這不怪我們，因為我們每天都生活在這樣的世界裏。

愛情偏偏就是一樣充滿感受，充滿感性的學問。

而它偏偏就是我們日常生活之中感受到的難題，困惑所在。

我們只能用我們有限的基礎、慣性的邏輯去嘗試解決它。

而世界每天的學習，工作，都把我們虛耗乾淨，因此我們也沒有很大的力氣去重新審視我們「被建立」的價值觀，和「被建立」的慣性邏輯。

才出現了這麼多的亂象，和困難。

若然今天很累，就把問題留給明天。

不必無時無刻都相信「今天的事今天做」。

愛情的問題，需要我們用心解鎖。

用心解鎖這個世界給我們的枷鎖，解好了，才處理問題。

今天解不了，明天才解。

總比亂解好。

那一場森林的修練 | Six

小女孩告訴我，
若然要徹底療癒自己內心的那一道傷痕，
就必須重回那個森林，
在那一個森林的廢墟裏，
用最抽離的眼光看最混濁的內心，
然後才會懂得用最清晰的內心去愛下一個人。

於是我走回那個森林，
陽光穿過樹葉，反射在白茫茫的雪地上，
我的內心由平靜慢慢變得恐懼，
那是一種無以名狀的恐懼，
可能因為那個是最接近我內心的，那一片充滿遺憾的境地。

我坐在雪地上，閉上眼睛，將呼吸的深度調整至最平穩的狀態，
心裏就浮現我和他的所有經歷，
是如此的鉅細無遺，
因為那些回憶而笑，然後又因為那些回憶而哭。
從我決定以後也不要打擾他的那一天，
決定以後都不要想他的那一天，
我的自我保護機制就把自己瞞騙了。
但偏偏感性又會告訴我，
我付出了，投入了，花光了的所有力氣，
讓我感到如此的「不甘心」。

這時候，一束光從我的眼皮掠過，
儘管我是如何把眼睛合得緊緊的，
我也感受到這束刺痛自己全身的光快把我吞噬。

這個時候，
和他分開之前的所有感受，重新注入在我的體內。

他喜歡的，我都做了。
他的冷漠，他的不愛，他由若即若離變成一步一步離開，
他追求的新鮮感，
我都甘心地承受着。

然後我終於發現，
真正虐待自己的，真正把自己弄得死去活來的，
不是我自己認為的，已經看透了的「不甘心」，
那種把自己弄得最疼痛的
叫「我甘心」。

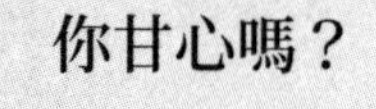

你甘心嗎？

終於你發現，
沒有不可以被取代的事，
包括愛。

原來所謂的回憶可以一整個被複製，
原來浪漫都有機械化的公式。

原來別人可以成為你，
但你卻無法找別人取代那個——
你仍然愛着的他。

你有被不甘心狠狠折磨過嗎？

在不甘心的階段裏，疼痛的，是因為你看到了「另一個誰」得到了自己曾經被他愛過的痕跡。

你曾經以為你們這些甜蜜是唯一的，是不能被取代的。

在你說服這次甜蜜是唯一之前，你經歷過很多次愛情，以為那一些甜蜜都是唯一的，但結果未能如願。

痛過之後，你想盡辦法說服自己，也下定了決心再一次相信，這一次甜蜜，會是唯一的。

但結果就是，你再痛一次了。

若然沒有認真地感受過那些甜蜜帶來的快樂，怎麼可能會發現，當他把這些甜蜜放在另一個的身上的時候，原來自己會妒忌。

原來自己並不是獨一無二。

原來那些山盟海誓，甚麼只愛你一個人，甚麼你是我最愛的一個了，甚麼沒有遇過那麼真摯的愛情，都是假的。

原來把自己弄得更更更不甘心的，使自己不斷地想像那些就算你看不到，就算你不知內情，你仍然會設想那些曾經出現過在自己身上的，都會出現在他身上。

而且更甜，而且更快樂。

他再一次為別人做甜品了。不知道他又有沒有再說一次這是他第一次為別人做的甜品呢？不知道他又有沒有說過上一個戀人讓他很痛心呢？不知道他又有沒有在某個黃昏，在那個海旁，跟別人訴說自己悲慘的童年，和那些殘忍的往事？

不知道別人，又有沒有安慰他呢？

看着他和她很愛，也看着他和她在曬恩愛，你忽然之間發現，他從來沒有和你向別人這樣曬恩愛着。

原來他和她的甜蜜，比自己和他的還要多。

嗯，好得多。

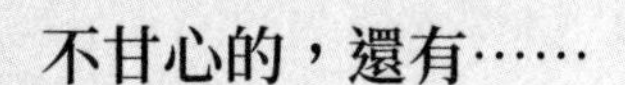

不甘心的，還有……

你不甘心自己為甚麼那麼不甘心。
你也會為自己的難過而難過。

你發現，
就算你怎樣的理性，
當那個人仍然很決絕，
你的不甘心只會更甚，你的難過只會更深。

原來不甘心會讓自己走進深淵，
直到你甘心接受自己的不甘心。

不甘心的，還有你不明白自己為甚麼那麼不甘心。

全世界都說他不是一個好人，你也知道他不是一個好人。他曾經渴望過你的愛，得到後，就開始踐踏你的愛。

他由承諾，慢慢變成欺騙。他由珍惜，慢慢變成唾棄。所有的冷暴力，所有把自己傷害的說話，他通通都說過。

也做過。

只是你不明白，明知他是這樣的人，為甚麼自己那麼不甘心。

明知他對別人的好，最終只不過會傷害別人，你仍然希望他可以放棄別人，對自己好多一次。

就是不甘心別人可以輕而易舉地「搶掉」你的幸福。

然後下一次你對自己說：這一次要堅強一點，看開一點，他把我自己的幸福給了別人，我自己一點都不會在意。

終於你不會不甘心別人可以搶走你的幸福了，但，你開始不甘心他可以決定你的幸福，可以隨便給了誰。

好像自己的情緒不是由自己主宰的，而是由你「不想愛、但愛着」的那個人。

到了後來，你終於發現，讓自己最「不甘心」的，是你「不甘心」自己為何要為這些事情那麼「不甘心」，而無法自控。

很多時候，我們陷入這些情緒的漩渦，不能自拔。

我們都曾經對自己說過，要理性一點，理性一點就可以很輕易地離開他，理性一點就可以好好保護自己的內心，免受傷害。

結果是，我們讓那個人一次又一次把自己傷害。

然後一次又一次把自己哄回，再傷害。

三度傷害。

四度傷害。

最終我們發現，把自己傷害的那一個人，原來是自己。

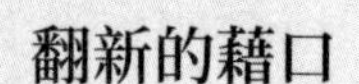

翻新的藉口

你以為，
和他一起的日子，
是你哭得最多的日子。

而他哭得很少。

後來你發現，
和他分開後，
你沒有哭少了。

但他卻快樂了。

你明知他渴求原諒的方式只不過是從舊有的藉口中翻新，變成新的藉口。

但你仍然中伏了。

你不知道為甚麼自己仍然願意相信他可以改過自新，變回那個最初愛你的自己，當他已經是無數次說要改過自新了。

你不知道為甚麼他冷暴力之後，你開始冷淡，他就會突然熱情過來，等你熱情之後，他又再一次冷淡。然後他還要怪你為甚麼那麼熱情，有點煩人。

你明知他不過是在瞞騙你，但你仍然接受瞞騙。

你明知他和另一個人曖昧了，但你仍然願意欺騙自己，他可以和另一個人斬斷關係。

當他說他斬斷關係了，你發現他們仍然有聯絡，然後你開始說服自己：

他最愛的是你。

就算他和別人曖昧了，他還是最愛你的。

在節日，他失了蹤。在紀念日，他失了蹤。在無數個你最需要他的晚上，他通通都失了蹤。然後你還要說服自己，他很忙，是那個別人在煩他，是那個別人在誘惑他。

嗯。

是甚麼時候開始，由他為自己找藉口，變成你為他找藉口。

是甚麼時候開始，連他都告訴你不要為他找藉口了，你仍然要設法為他開脫。

不辛苦嗎？

我知道在那個輪迴的你，正在忍無可忍地忍耐着。

然後由忍耐着，變成包容着。

因為那時候的你，由「不甘心」，慢慢變成了——

「甘心」。

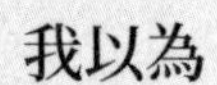

我以為

讓你逐漸變得甘心的，是你自己。

可能因為你最懂得自己，
才可以找到一個這樣瞞騙自己的藉口。

就是在這個最痛苦的輪迴裏，
你把自己一步一步推向深淵。

一個彷彿可以讓自己「安慰」一點，
但越來越漆黑的深淵。

我甘心，因為「我以為」。

我以為你最近只是比較忙碌，我以為風雨過後你會重新走回我身邊。我以為有些愛會細水長流，我以為有些愛不會悄然消逝。

我以為我可以繼續自欺欺人地「以為」。

於是我告訴自己不要想太多，告訴自己對愛要多些信任，說服自己你絕非想就此離開，也說服自己我們的愛仍然健康。

但這個世界最可怕的，就是有些愛，它會這樣突然消失。他並不像教科書裏的：有問題，就有答案。或者說，有答案，但我們未必可以找得到這個答案。

反正他不會告訴自己。

反正他也不會從我們的角度去想，到底我們是怎樣渡過那些如此不合邏輯的歲月。為甚麼？為甚麼？為甚麼？是不是自己做錯了甚麼，是不是自己說錯了甚麼，是不是自己有些甚麼粗心大意的地方沒法看清楚甚麼？然後我們的腦海裏，把記憶可以觸及的都翻滾一次，翻滾一次，又翻滾一次。

好像終於想出了甚麼，然後我們就拿着那最後一根稻草，繼續「以為」。

然後把這份「以為」，定義為「事實」。

然後用這份事實，不斷麻醉自己，直至這份事實終於露了餡。

那一刻，你還會甘心嗎？

還是終於懂得重新不甘心了。

以上的心路歷程，你經歷過多少次？我知道這樣會讓你很疲累，但我就知道無法可以阻止你這樣想下去，這樣瞞騙自己下去。

只是在這些很累很累的感覺裏，我還是會想，你是否可以有一刻可以放飛自己，就告訴自己不要這樣負責任，這段關係他不負責任，你也可以不負責任，就讓自己不負責任一會兒，一會兒就好。

因為我知道，一會兒之後，你就會再重新想一個藉口了。

怎麼認為他仍然愛你？

甚麼是卑微？

你用了一個理由說服自己：
他很愛你。

儘管有十萬個證據顯示
他並不愛你。

怎樣是更卑微？

就是你終於發現那個藉口無法說服自己，
然後你找下一個藉口。

就問你一個問題，你為甚麼仍然會以為，他仍然愛着你？

一個愛你的人，不會要你久等。一個愛你的人，絕對會及時回覆你的訊息，就算回不到，之後也會跟你說剛才在做甚麼。一個愛你的人，一定會儘量赴約，多忙也好。

但你問自己，等了他多久？

你發了多少個訊息，他才回一個？

有多少次你終於忍不住告訴他你剛剛流淚了，他又是如何的不屑一顧？

怎麼你認為他仍然愛你？

還是你一早知道，他已經不愛你，但你仍然想他愛你，於是你認為他仍然愛你？

有些愛情，從一開始還是平等的，但慢慢會變得卑微。有些愛情，從兩情相悅開始，最後變得自欺欺人。

但愛情最核心的關鍵就是，你愛他，他亦愛你。

不是你愛他，然後只有你覺得他仍然愛你。

很想告訴大家，這就是一個分水嶺。若然不想以後太過辛苦，必須在這個分水嶺上，好好告訴自己，就適可而止地放手了。

他不愛你的特徵，其實清楚無比。

與其要開始說服自己，不如再說服自己之前，告訴自己，你是不是甘於過這樣的生活。是不是要未來幾個月，甚至幾年，一直這樣痛苦下去。

我十分希望不是。

這是治本的草藥

甚麼人最大機會不愛你？
就是那個曾經決定由愛變成不愛你，
然後重新愛上你的人。

你可以因為一個人而哭一萬次，
可以因為一個人而失眠一萬天。

但你務必記住，
千萬不要被同一個人傷害第二次。

因為有第二次，
一定一定一定有第三次。
一定一定一定一定一定有第四次。

若然反覆輪迴了無數遍之後，仍然繼續輪迴。由不甘心變成甘心之後，繼續欺騙自己。那麼第一個方法，就是要好好的大哭一遍。

就在每個最絕望的晚上，大哭一遍。

因為哭完之後，你筋疲力盡之後，就會好一點了。

哭完之後，就問自己，那個人憑甚麼讓你這樣筋疲力盡？

他可以憑愛意讓你們開始一段關係，但他沒有憑愛意繼續維繫。因此在每次哭完之後，就問自己，那個人憑甚麼讓你哭。

每次復原，都要這樣想。

慢慢你會發現，自己留戀的，是那個過去的他。自己留戀的，是中間那些沒有因由的過程，那些找不到答案，他突然冷淡下來的時段。

你不必說服自己，有些答案找不到也可以。但你必須說服自己，不愛就是結果。

若然大局已定，中間的，有必要這樣拆解下去嗎？可能你會覺得，拆解之後，說不定可以冰釋前嫌，說不定可以釋除某些誤會，讓你們重新擁有一段親密的關係。但我很想告訴你，這個世界最事與願違的，就是有些結果，就是憑別人內心的感受出發。他看到另一個人，就可以不愛你。他沒有新鮮感，就可以不愛你。他突然厭倦愛情，就可以不愛你。

問題就是，就算讓你找到這些過程，找到這些解釋，就算你可以解決這些問題，就算他再一次愛你，你必須要記得，一個曾經決定不愛你的人，他最終都會再一次不愛你。

你要把問題拆解到甚麼時候？

你還要拆解多少問題？

因此，難過，就哭。哭完，就問自己，到底是甚麼讓你哭。

然後認清那個讓你哭的人，那個就是決定不愛你的人。

然後立誓，以後繼續把自己做好。

別人不愛就不愛。做好自己以後，就讓他後悔。

永不干涉法則

永不干涉最難的不是「不干涉」。
而是那個「永」。

就是他干涉了你的開頭，
然後在你最難過的時候說永不干涉。

那叫「永」嗎？
那叫不負責。

愛情不需要負責，
但就是不想聽到他說得自己那麼冠冕堂皇。

看過一條短片，一群企鵝要跨越一個雪地上的大斜坡去另一邊渡過嚴冬。但牠們就是總是過不了去，攝影師看到，很想幫助牠們。但導遊提出了大自然的永不干涉法則，必須讓生物自生自滅，人類不可以干涉。

接着，企鵝因為始終無法跨越斜坡，一隻一隻凍死。這條短片的最終，攝影師沒有直接把企鵝送過去另一邊，而是在雪地上做出了一層一層的階梯，讓企鵝們可以走過去。

這條短片讓我想到很多的東西。例如說，一個人不愛另一個人了，我們可以干涉他不愛的原因嗎？我們有必要逆轉他的不愛嗎？

跳出一步想，作為旁觀者的人，我們又有資格去干涉他們這段不健康的愛情嗎？

那條短片之後延伸了很多深層次問題。例如說，甚麼干預不干預？人類一早干預了大自然，就是那些氣候問題讓企鵝的生活越來越艱難，為甚麼偏偏看到牠們有難關時就說不要干預？

又有人說，人類也是動物界的一分子，我們的惻隱之心讓我們想幫助牠們，這不是也是大自然的一部分嗎？我們哪裏有干預？為甚麼在問題面前我們就變成了外人？

我比較覺得，世界上的錯愛太多，愛情問題太多，所引致的悲劇也太多。我們可以做的，不是說要說服一個人去愛另一個人，說那是一個值得的愛。也不是說要刻意用甚麼手段讓一個人愛上一個人。

我們可以做的，只不過是讓大家看清楚愛情最真實的面孔，看清楚自己內心的情緒反應。

換句話說，就是不是要干涉你，讓你在這個危險的世界裏很安全地活着。而是只需要告訴你，你正身處險境。

看清楚一點，危險就少了。

但這條路，你必須仍然小心地行。

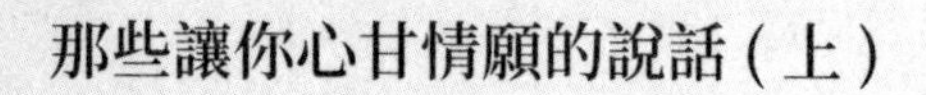

那些讓你心甘情願的說話(上)

那可以不是你的問題，
那也可以不是我的問題。

請不要把那些問題歸咎在你自己身上，
當作你離開的藉口。

你不會知道一個喜歡你的人，
所有藉口，
都會相信，
而且相信很久很久。

不是你的問題，是我的問題。

「可以不要分開嗎？」

「對不起。」

「是我有甚麼問題？我改。我一定會改。」

「不是你的問題，是我的問題。」

讓我們持續纏繞內心的，是那一句「不是你的問題，是我的問題」。若然是因為看清自己有甚麼問題，終於成為這個愛情的死症，這還好。但你一直很理解他的微表情，和各種微表情代表的各種心情。因此每次當你知道你有甚麼行為他不喜歡的時候，你就會把這些問題放在心裏，然後慢慢逼自己改。

你以為改好了，他就會重新喜歡你。

只是他終於還是說要分手。於是你問他，是不是自己有甚麼問題。那並不是說你並不知道自己有甚麼問題，而是你知道自己一直改一直改，把自己改成他所喜好的那個模樣，把自己改成不是自己的樣子，等於你不知道自己還有甚麼要改了。然後在這個時候，他就說要分手了。

那些逼自己改的日子，你曾經也想過死心。也許源於太辛苦，也許源於對方完全不理解你改善時的那些不安和不踏實，你也曾經想過只要他說分手的時候，你大概也應該會心死了。

也許那個時候就是給自己的一種解脫。

也許那個時候就不用再沉淪了。

然後你聽到他說：「不是你的問題，是我的問題。」

就是這句說話讓你由本來心死，到變成「不知怎樣才算好」。好像這段關係還有一些機會，又好像沒有。是不是你接受他的問題就可以？是不是你更包容就可以？是他需要一些時間去解決問題？太多太多的問題突然之間衍生出來，讓你本來已經趨向死心的心情，變成了「隱隱作痛」的「模棱兩可」。

於是你繼續等。

在分手之後。

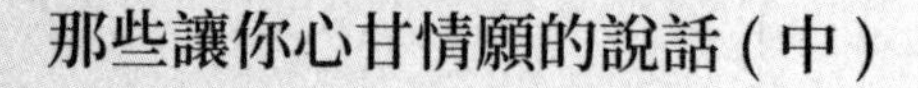

那些讓你心甘情願的說話（中）

後來我終於發現，
狠下心腸也有分層次的。

這次以為自己好狠了，
然後還是沉淪在掛念的苦海。

終於這次答應自己下次一定要更狠。

才發現，
狠下心腸只是對自己的保護，
在他對自己特別冷漠的瞬間，
我們就會告訴自己這次要「狠下心腸」。
直到他下一次突然的回應。

我不覺得你煩住我，但這樣糾纏下去對大家都不好。

於是你繼續乞求。

在分手之後。

你也知道這樣乞求會煩住他，於是你叫你抑制自己，每天最多發一個短訊，幾個字就夠了。然後你還是忍不住，在某個晚上告訴他，「對不起，如果你覺得我煩住你，告訴我就好，我一定會走。」

發那個短訊的時候，你已經狠下心腸，若然他說你煩住他，你一定會走。但你也犯賤地想，希望他覺得你沒有煩住他。

終於他還是說，我不覺得你煩住我，但這樣糾纏下去對大家都不好。

分手的那些時刻，字裏行間的所有模棱兩可都變成希望。因為我們仍然渴求，我們仍然執着，我們仍然在死心與希望之間不斷徘徊。

於是你知道你沒有煩住他，就會在某些時候作出適當的關心。終於等到聖誕節，就說一句聖誕節快樂。終於等到他生日，就說一句生日快樂。某些時份忍不住還是會說很掛念他，然後還要附上搞笑的表情符號，讓他沒有壓力。

還要糾纏幾多年了？

你也知道自己如果外出找一些對象，應該可以過上更好的生活。但你還是要如此保持自己的「清白之軀」，保留這段愛情的純粹。

你知道不值得。

但你還是告訴自己，值得。

你覺得穿過很多時間之後，或許他會回心轉意，把你的好重新想一遍，然後你們或許有機會復合。

因為他沒有斬斷所有希望。

於是你覺得自己還有希望。

嗯。

是的，就你自己一個，覺得還有希望。

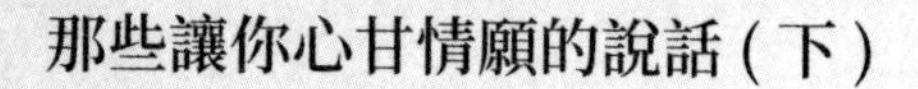

那些讓你心甘情願的說話（下）

有時我會問自己：
若然我真的很好，
為甚麼你會這樣決絕離開？

更多時候我會問自己：
若然你真的很好，
為甚麼這段關係會讓我這麼的痛？

嗯，
我也只是問一問而已。
就算沒有答案，
不知道為甚麼我仍然覺得你很好。

你很好。

你覺得穿過很多時間之後，或許他會回心轉意，把你的好重新想一遍，然後你們或許有機會復合。

是因為源於他說過：「你很好。」

「是因為甚麼原因？我到底做錯了甚麼？」

「沒有啊，你很好。」

你覺得在他心目中，你是一個很好的存在。為甚麼他就不喜歡這個「很好」的人？就算你知道只是客套說話，你仍然會願意相信從他口中所說出的，都是事實，你覺得他就是一個不會轉彎抹角的人，你覺得就是你們的關係已經變得很壞很壞，他對着你，還是會說出內心的說話。

「你很好。」

也許就讓你纏繞多幾個月，纏繞多幾年了。

我想跟你說的就是，你真的很好很好。

你好得願意承擔從這段愛情來的所有責任，就算他變心，就算他花心，就算他厭惡不愛，你還是願意死守在這段關係裏。因為你知道，沒有人守住，這段關係就沒有了。

你好得願意改，把自己變成一個自己也不認得自己的人。你願意改完之後，也不急着邀功，告訴對方你改了。就只是希望這段關係可以順利一點，他可以在這段關係裏開心一點，或許他可以留得久一點。

你好得願意放棄所有外面的機會，明明有一個更愛你的人，你們的關係可以更幸福。但是你還是說服自己，你會想和一個你愛的人一起，而非只是一個愛你的人，而扼殺了所有其實那個有可能你會喜歡的人的可能性。你把自己的幸福都擋住了，就是為了和他幸福。

你好得讓人心痛。

你好得把所有自己的心痛都遮掩，不讓人發現。

知道你辛苦了。

知道你很痛。

接下來的日子，先好好休養，不要想其他人了。

好嗎？

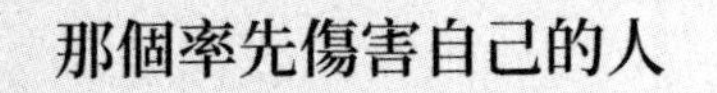

那個率先傷害自己的人

還未有人怪罪自己，
自己就把自己怪罪了。

還未有人抱怨你做錯甚麼，
自己就率先懲罰了自己。

分手的結局塵埃落定後，
率先傷害自己的那個人也塵埃落定了。

原來，就是自己。

很久以後我們也許會發現，多年前那個傷害自己的人，其實是自己。

其實錯愛的機率很大，原因也有很多，只是總是在分手的那些時候，我們都沒有足夠的理智去判斷，或者理解，然後讓自己承受着不必要的痛苦。

在一段關係開始之前，大多都只是甜言蜜語，我們大多都只看到對方表面的一面。然後基於很多感覺，很多未知數，很多新鮮感，便走在一起。

一起之後，我們成為了對方很親密的那個人，那個最真性情的自己便出現了。於是我們有時會承受小脾氣，也會發一些小脾氣，有些無理取鬧，也會覺得對方無理取鬧。有時自己很累，對方等了自己很久，有時自己很想儘快把愛給予對方，但對方卻很累。

就是這麼多的原因，我們才終於走散。

那還要怪自己甚麼呢？

怪自己選錯了對象，還是怪自己沒有把自己某些情緒好好隱藏？

其實甚麼都不用怪。

一個人是不適合自己，一段關係是不是自己說想要的，必須花時間來驗證，也必須花時間相處來得悉結果。我們是無法好好先看清結局，然後才選擇要不要開始的。

因此很多的分開，很多的走散，誰都沒有錯。

那為甚麼還要反覆地責怪自己呢？

在錯誤的愛情裏，為甚麼還要不斷指責着自己，讓自己遍體鱗傷呢？

結果還未有人傷害自己，自己就率先把自己傷害了。

千萬不要。

很不值得很不值得很不值得。

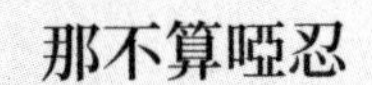

那不算啞忍

總會有這樣的一段時間：
你喜歡他的那些特質，
大於你討厭他的那些特質。

同樣地，
他喜歡你的那些特質，
也大於他討厭你的那些特質。

只是後來，
那些讓彼此喜歡的特質，
無法好好讓你們撐到永遠。

你忍受過他的脾氣，他忍受過你的情緒。你忍受過他的不上進，他忍受過你的過於進取。若然我們仍然可以堅持忍耐過一段時間，那不算啞忍。

愛情裏有一部分的痛楚源於我們覺得若然一段愛情找不到盡頭，那就浪費時間了。若然我們付出了沒有收穫，那就浪費了我們的心血。

但其實呀，我們確確實實地陪對方走過一段路，因為對方而快樂過，激起過內心的漣漪。那些忍受不了對方的點，我們仍然在他身邊的那段日子，是因為他仍然有其他的本質讓我們愛着。

只是這些本質，撐不到永遠。

才分手收場。

我遇過很多走在一起很久的情侶，也遇過很多一起生活了很多年的夫妻。大概還可以從他們身上得出一些結論，就是，那個人，有些特質，自己從一開始已經不喜歡，已經無法接受。

但他們仍然是這樣相處了那麼久啊。

也有很多很快樂的時刻。

就是因為那個人有一些特質自己很喜歡，大於那些不喜歡的特質。撐着撐着，就一直走着走着。

因此呀，這個世界大概沒有你覺得最接近自己幻想的那個 100% 的人，有的可能 70%，有的可能只是 30%。但若然他那 30% 的特質，讓你長期處於愉悅的感覺，足以戰勝那些帶給你的不快樂。

就可以走得更久了。

這樣想着，那些分開了的關係，不過是在特質的比拼上，在早期的階段就知道輸了。那又怎算浪費時間呢？起碼在那一段日子，他有你喜歡的特質，也曾經戰勝過那些他讓你不喜歡的特質一段時間，你也開心過一段時間。

相反地選擇一樣。

若然你有一些他不喜歡的特質，他也確確實實因為一些你的特質而喜歡過了一段日子。所以不必覺得自己不足，也不必覺得自己很失敗很失敗，無法讓那個人喜歡下去。

愛過一刻，就賺到了一刻。

愛過一秒，就賺到了一秒。

看海

你看海，
看出它的平靜。

我看海，
看到它的平淡。

於是我就知道，
我們的頻率不對了。

因為最初的熱情，我們曾經連對方普通說一句話，也可以開心一整天。只是時間一直地過，我們的熱情慢慢冷卻，然後終於也發現，那些不對的頻率。

最痛苦的時刻，莫過於總是回想我們最初的甜蜜。通宵發短訊，然後忍不住又打電話給對方。第一次通電話的害羞，然後急不及待地把尷尬克服。

最痛苦的時刻，莫過於總是想起第一次單獨約會，很怕你因為某些小事不喜歡自己，於是在壓力下把自己做到最好，然後你說一句：「今天很快樂，也很想你今天也快樂。」

最痛苦的時刻，莫過於後來發現我們的關係轉趨平淡。在想努力把它逆轉的時候，發覺自己已經無能為力了。

看同一個海，我也終於發現，我們步伐的不同。

很久了。

吵架的那天，我也終於發現，原來有很多委屈埋在彼此的心頭。

很久了。很久了，於是無能為力。

但若然時光倒流，我還是不想從第一次看海，就看到彼此步伐的不同。我還是想懷着那些熱情的心態，心跳加速地和你看同一個海。

起碼那些時刻，我們都快樂。

我們都覺得浪漫。

若然時光倒流，我還是想和你一起走這些冤枉路。

我還是想和你拐錯誤的彎，驚險地完成這一段沒有終點，必須提早離場的旅程。

你呢？有沒有後悔過和我一起走過這一段路？

有沒有後悔和我看過這麼多次海，但最終沒有玩到你想玩的煙花。

有沒有後悔你和我浪費了那麼多時間，然後仍然在幸福的起點徘徊。

這個無法得悉的答案，也無法提起勇氣問的這個問題，我還是深深地希望你心裏的答案是：「沒有後悔過。」

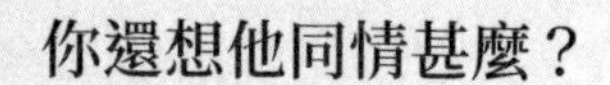

你還想他同情甚麼？

失去了愛情，
某些時刻我們竟然想
以同情取而代之。

這樣我們也許
可以好好過得了這一晚。

但下一晚呢？

同情都沒有了之後，
我們真的還可以自救嗎？

有沒有試過，分開之後，你還是想在動態裏發佈自己的不悅，發佈自己仍然懷念他，發佈自己已經改變了很多，只是輸給了時間。

喝了很多的酒，哭了很多個晚上，參加了很多的派對，然後在歸家的途中獨自憔悴。所有所有，都想讓他知道。

就算無法在一起，起碼可以博到他的同情。

或者片刻的關注。

也足夠你支撐一整個晚上。

我必須要告訴你，也許你也一早知道，當愛情變成同情，這樣比分手更加糟糕。

他曾經因為你那麼好而愛你，現在你卻想他知道你那麼糟而同情你。我們有必要這樣卑微嗎？

讓自己感覺更卑微的，是他連同情也懶得給你。

失去了愛，也不必把自己也一併失去。賭注全部輸掉了，也不必借錢繼續賭下去。這樣只會吞噬了我們以後復原的可能，或者吞噬了最根本最根本的那一個，可以在這個充滿壓力的社會裏好好站起的自己。

你也許不必把自己變得更好，吸引他的重新喜愛，因為這樣的你必然會有其他更適合的人喜愛。但如果你很想他再一次喜愛，第一步，就不要把這個很糟糕的自己讓他看見。

沒有人會喜歡一個頽廢的人的。

雖然我更想你明白，我們存在的價值並不是要為了討任何人的喜歡，但若然無法好好自控這一刻的感覺，無法好好從頽敗的氛圍中一下子變得閃閃發光，那就告訴自己，那些頽敗，自己知道就好。

忍住，忍多一會兒，就好。

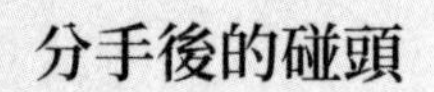

我們總是好像必然會面對
分手後的某段自卑時刻。

然而就算再自卑也好，
在最難過的一刻
我們也要懷着唯一的自信：

以前可以跨得過去的，
這一次也一定可以跨過。

一定可以的，
儘管還未是時候。

不知你有沒有一個時刻，發現自己原來成長了？

我的那一次，是在分手後，碰上了她。

她就站在自己面前。我看着面前的她，忽然想起了曾經設想多少次她會重新出現在我的面前，假設了多少次我會怎樣去面對，用怎樣的語氣跟她說話，用怎樣的眼神對待我們曾經有過的關係。

而那一次，我看着她，我都知道自己成長了不少。

而這些成長，都是來自痛楚，都是每一次痛楚之後的冷靜期間，終於好好想清楚自己需要甚麼，對方需要甚麼，曾經有哪一些的不足，曾經怎樣沒有好好對待感情，曾經怎樣不懂得珍惜，曾經有多少次傷害別人的心來不及反省。

所有的感覺，重新入過我的眼簾。

然後就發現，所有的難過，所有的唏噓，所有的遺憾，原來我都已經好好安置在一個沒有人會觸碰到的抽屜，儘管我還是會有時候好好抹拭，好讓它不着塵埃。

所有的遺憾，都成為了對自己的改變。

曾經因為近乎絕望的難過把自己擠塞在一個密封的房間，直至終於有勇氣走出來的一刻，才發現原來世界很大，原來風景很美。

原來我和她的遺憾，也很美。

原來時間，原來經歷會讓我們長大。就算是逼着成長也好。

原來我們彼此，都成了彼此成長最重要的養分。

很想和你們說，我可以過得到的難過和絕望，你們都可以過得到。

你以前可以過得到的，這一次也可以過得到。

就算最絕望，也要抱着這份信心，可以跨過的，只是還未是時候。

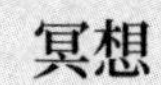

就算我們尋根究柢之後，
發現讓我們痛楚的是自己的大腦，
我們也無可奈何。

就像那天我終於發現了
我們漸行漸遠，
我們的隔膜越來越深，
我們還是敵不過無可奈何的感覺。

和大家一樣，我也經歷了很多次的無可奈何。終於，我發現一種相對快捷的破解之術。

也許大家也看過很多心靈雞湯，也用盡各種方法，希望減少分手帶來的痛楚。

在深夜發文，在凌晨時份看海，在無人的海旁喝酒，在回家的路途上循環聽一些熟悉的歌。

偏偏我們的大腦總是在深夜的時份那麼活躍。

為大家介紹一種方法：冥想。

一個並非是最正宗的，但我試過，超有效的，不需要花太大力氣的，也沒有甚麼副作用的方法。

用冥想，減慢自己大腦的速度。用冥想，消退回憶的痛楚為自己帶來的傷害。

冥想最簡單的，就是當一個念頭起了之後，儘量不要去想它。就算想，也減慢回憶的速度。

坐在最舒適的位置，合上眼睛，這個時刻，你的回憶必然會立即侵襲，把你逼得喘不過氣，而你就要用「慢」去應對。

回憶的片段輾過你的腦海，你就嘗試把自己拉去一個放空的，空白的畫面。若然無法立刻做到，就把這些回憶的片段放慢播放。

慢慢來，慢慢來。也許你的心會痛，但一直做下去，痛楚會慢慢減少。

有些時刻，若然最痛的畫面侵襲過來，也許你會流淚，然後想放棄。這個時刻，就先好好把那些眼淚都流出來。休息一會，再深呼吸，再試一次。

於是我們慢慢發現，纏繞住自己的痛楚，都是自己腦袋的惡作劇。

這個惡作劇，我們一起來面對它，揭穿它，消除它。

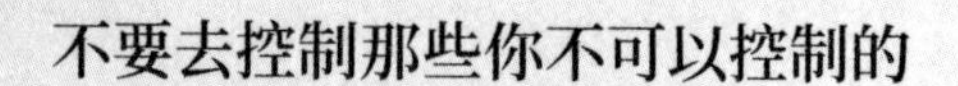

不要去控制那些你不可以控制的

因為期望，所以難受。

因為難受，所以越想控制。

因為越想控制，才發現控制不到。

因為控制不到，我們才無能為力。

最後因為無能為力，便更想控制了。

這就是愛情裏最容易犯下的惡性循環。

愛情裏最讓人難受的，是無能為力。而讓無能為力出現的，是我們天性好像就是想去控制那些不能夠控制的。

還未開始的關係，我們總想對方可以愛自己，總想對方有一些暗示告訴自己他對自己有着愛。開始了之後，我們總想對方了解自己多一點，在親密時親密，在我們需要空間時給我們空間。分開之後，我們竟然還會有某些時刻希望對方可以懷念自己。

我們天性，都好像在指使我們控制那些不可控制的。

當控制不到，便感到了失重感。

然後，我們開始感到無能為力。

最終，便開始了惡性循環。

長大以後，我們也許會發現，只要我們的心思開始都放在對方身上，關係，忽然便會開始變得惡劣。而偏偏，就是因為越來越愛，我們的心思才開始放在對方身上。

那要怎樣擺脫這種循環呢？

就是越愛對方，就越要把心力放在自己身上。

越愛對方，我們便應該越讓對方擁有一個更好的人。

就把自己變成那個更好的人吧。

好好把自己的愛意，成為增值自己的動力。

我們好不好，由自己控制。

把自己的好控制之後，也把自己的情緒好好控制。

長大之後我們會發現，原來快樂是一個選擇。我們選擇快樂，選擇把自己的頻率調得很高很高，我們就立即擁有了快樂。長大之後我們會發現，原來把自己的情感放在對方身上，被對方牽引着自己的情緒，在最初也許會很快樂，但最後，一定會墮進深淵。

我們的情緒，由自己控制。

我們快不快樂，也只應該由自己控制。

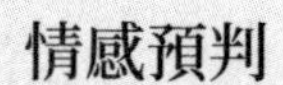

有一個概念叫「情感預判」。

判斷分手之後會很難過，
於是我們拒絕分手。

而偏偏，我們會誇大了這些難過，
而寧願讓自己現在承受其他的難過。

最終，
這些難過真的加劇了，
本來不是絕症的，
也變成絕症。

有沒有某些時刻發現，原來我們沒有那麼的不捨。原來我們復原的時間比預期短。原來有些痛，並沒有維持很久很久很久。

分手之前，我們總會設想到分手之後的種種，然後就因為害怕那些痛，而怎樣也拒絕分手。

的確，有些痛，是我們無法承受的。

但也有些時候，或者說更多時候，光陰流過我們的痛楚，有一天我們忽然發現，自己已經痊癒了。

我們便發現，原來這些痛，嗯，這一次，也並非絕症。

有一個概念叫「情感預判」。

我們因為預判了某些事情發生之後會產生的情緒，然後便會千方百計想避開這些情緒，而令我們這一刻的行為的決定並非在理智之下完成。而很多時候，這些情感的預判都會有偏差，負面的感覺，往往會被放大，於是我們，便寧願把那些痛楚留給了現在的自己。

而忘記了，把那些痛楚留給了現在的自己，往後會更痛更痛，更容易藥石無靈。

因此我們最需要學會的，是有勇氣面對將來可能會出現的負面情緒。

分手，來就來。

哭泣，來就來。

現在就哭一次，好過將來哭多千次萬次。現在就哭千次萬次，好過我們的心損壞到無法重新修補。

壞情緒，我們會狠狠地把你跨過。

然後看到後面的曙光。

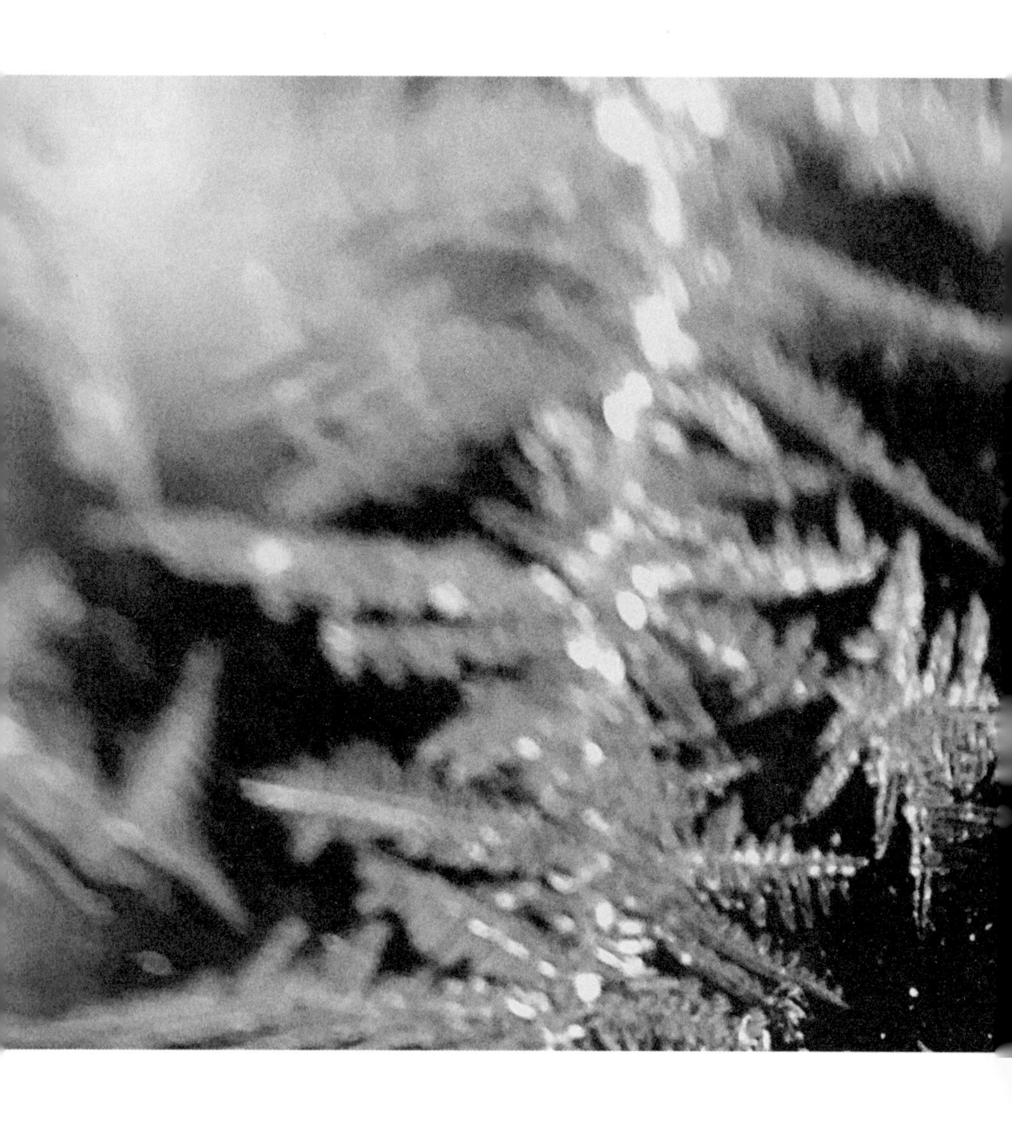

沒有停下的雪，與前面的風景 | Seven

最終我穿過了所有的甘心，穿過了所有的不甘心，
也穿過了這個五光十色的城市。

我爬上據說是最高的山峰，
那場在分手之後就下的雪，在旅程的最終站也沒有停下。

嗯，有些事情不同了，就是不同了。
因為愛過，因為傷害過，因為療傷後，我們仍然有那一條傷疤。
傷疤不代表脆弱，結疤後也不代表勇氣，
但他的確代表我曾經好好體驗過愛情，
好好從那一段愛情的最快樂，走到最傷感，
然後再從最傷感的懸崖邊，及時走了出來。

我看着面前的日出，
耀眼的陽光映照着滿山的雪。

我想，這場雪大概也不會停下，
就像我的腦海裏永遠也有着你的回憶一樣。
只是，我的身軀，我的皮膚，
不再感到炙熱。

嗯，我的身心終於不再冰冷了。

我懷着有暖意的身軀，從最高的山峰走下來，
前面是一塊又一塊的梯田，
一個又一個的森林，
一條又一條的村莊，一個又一個的城市。

我要出發了，
就用最清澈的眼睛，最清澈的心靈，
看看下一段旅程，會發生甚麼事。

用最平穩的心情作出抉擇

分手之後，你想復合？
還是找下一個？還是想最瀟灑地離開？
還是只想安靜到下個世紀？

都可以。

但這個抉擇，應該留給最平穩的自己，
而不是現在這個最痛的自己。

有些抉擇不需要立即下決定。

你現在最需要立即下決定的，
就是讓自己儘快擁有一個最平靜的內心
來下決定。

分手以後，有人想好好安靜，有人想瀟灑離開，有人想復合，也有人想快點找下一個填補孤獨。

怎樣都好，但大前提是，這個決定，必須是我們在最平穩的心情之下作出。

因為某種悲傷，因為某種孤獨而急於作出的決定，往往會引起下一個遺憾，引起下一個最不是「意外」的意外。

分手之後的患得患失，有人就想以復合舒緩這種感覺。但那些分手的問題，那些最根本的原因，大家都未知道，不知是否改得到，也不知是否想改。若然真的找到哪些原因然後彼此都可以改善，還好。若然不是的話，這只是一個錯誤的選擇。

分手之後的強大孤獨感，有人又想找下一個立即填補。終於那個人到了，填補了你這時的孤獨感，但那個人是不是你真正喜歡的人？那個是不是可以和自己過得長久的人？也許我們沒有想得很清楚，而作出的這個抉擇，就引來下一次分手，引來下一次的孤獨感。

因此呀，想找下一段愛情也好，想延續上一段愛情也好，想自己一個也好，想痛痛快快從頭到尾地改變自己也好，大前提是，我們必須以最平穩的心情作出這個抉擇。

不要讓悲劇引致下一個悲劇。

不要讓片刻的不安引致以後更多的不安。

分手已經很痛了，我們沒有必要吃一些假的鎮痛藥，然後把以後的自己變得更痛更痛。

因此在分手之後，我們最需要的，是把那些時間，用作平穩自己的內心。

而不是儘快作出其他任何的「行動」。

現在的痛無法由自己選擇。

但將來的痛可以避免。

將來的快樂是可以從這刻開始選擇的。

用最誠實的內心，
面對這段關係的問題。

最誠實地看現實，
我們可能會看到現實的醜陋。

最誠實的看自己，
我們也可能會看到很醜陋的自己。

但因為誠實，
我們終於會變成最美麗的自己。
我們終於會過到最美麗的將來。

不要怕醜陋。
反正沒有人知道。
知道也無妨。
因為你很快就會變得更美更美。

每一段關係的終結，都必然因為某些問題。

分開之後，安靜下來之後，我們都應該用最誠實的內心，面對這段關係的問題。

並不是說誰對誰錯，而是這段關係終結的那個原因，是因為甚麼。可以因為一個太在意，一個太不在意。為甚麼會這樣的不平衡？是不是因為安全感？又是甚麼會讓這個安全感問題衍生？

找出這些問題的根源，就算這段關係最終無法重新開始，我們也可以在下一段關係裏以一個更好的狀態去面對。

也不是說要改變自己才可以有更好的狀態，而是知道這些問題，也許不是我們說可以改變就改變，也許這些問題在下一個人身上，只要他是合適的人的話，就不是問題。

也可以是我們終於了解沒有一個合適的人可以包容這些問題，又或者沒有一個更合適的人可以讓我們不用面對這些問題。然後我們可以決定勇敢再愛一次，或者不太勇敢了，先好好退後，然後找到一個很愛很愛很愛自己的人，願意改變的人，願意遷就的人。

也好。

也沒錯。

愛情，不談對錯。

但我們都要好好先想清楚，正視這些問題。也許我們會發現這些問題根本不是問題，只是「成因」。我們也需要先好好正視這些「成因」，先好好接受自己的關係容易會產生這些「成因」。

用最誠實的內心，也許我們會容易見到那個「醜陋」的自己。

容易見到很「醜陋」的現實。

但看見了，面對了，消化了，接受了，我們就會變成最美麗的自己。

過一段更美麗的關係。

過一段更美麗的將來。

絕對可以有做得不對的地方

不要麻木地相信別人說的：
一定要更愛自己。

很多時候，我們都很懂得愛自己。

甚至有時因為愛自己而要做出一些行為，
未必顧及到對方。

換個角度，不知你們有沒有感受過別人
口口聲聲說愛你，
但不斷做出傷害你的事情？

若然有的話，
我們千萬要告誡自己不要成為那些人。

並沒有一本教科書教我們如何愛，如何面對不愛，如何分手，如何在分手之後重新振作。

也並沒有一個判官可以判斷我們甚麼做得對，甚麼做得錯。

愛情，從來都是自己和對方的事。

因為沒有及時好好珍惜這段關係，也許是因為自己未及時從上一段關係中逃出，也許是因為自己以往的經歷讓心魔作祟，最終兩人熱戀的時機過了，剩下你一個開始熱戀。時機錯過了，是誰對誰錯？

分手的說話可以好傷人。但那是對還是錯？

若然想長痛不如短痛，若然不想對方太過留戀，一些傷人的話，可能讓他更快可以重新振作，當然，也可以讓他崩潰。但我們不知道。

分手可以分得很難看，挽留可以挽留得很難看。不斷訴說着自己會改變甚麼，不斷訴說着自己有多愛對方，也許有萬分之一的機會可以讓他在理智來的時候重新審視這段關係，但也有可能讓他感到很煩擾，最終連朋友也做不到。

那些讓我們做「錯」的，也許是愛。但那些約束住我們自己的，同樣也是愛。

挽留得很難看之後，也許我們要記着，就是我們因為愛才挽留。如果挽留變成了騷擾，那還是愛嗎？

並沒有絕對的「對」，也沒有絕對的「錯」。

那我們要怎樣做？

就做一個真正懂得「愛別人」的人。

而不是做一個只懂得愛自己的人。

太多人告訴你要懂得甚麼甚麼更愛自己的心靈雞湯，說真的，我們都懂得愛自己，但正正是因為我們都懂得愛自己，因此出發點可能未必可以完全顧及對方。

也正正因為未必可以完全顧及對方，最後反而傷了自己。

因此若然我們要真正的懂得愛自己，就要有足夠的愛懂得愛對方，顧及對方，尊重對方，那我們才會走向快樂。

這些說話可能好狠，但我很想你們可以消化得到。若然你終於消化得到的話，超級恭喜你，你一定會成為一個更快樂更快樂的人。

一塌糊塗

愛得一塌糊塗的是
我們曾經用更一塌糊塗的關係，
去掩蓋之前那段愛得一塌糊塗的關係。

用興奮去掩飾無力感。

用片刻的慰藉去掩飾我們不安。

也許終將會幾敗俱傷，
但若然我們曾經得到過片刻的平靜，
那些一塌糊塗，
也就曾經擁有過價值。

也不錯。

也許我們都曾經愛得一塌糊塗。

我們甚至愛得一塌糊塗得，用另一段更一塌糊塗的關係去掩飾之前的一塌糊塗。

舒緩了片刻的劇痛，換來了更深的劇痛。

然後以更深更深的劇痛，舒緩現在的劇痛。

愛得一塌糊塗並不可恥，不過是因為我們當時無法承受片刻的孤獨，或者內疚，或者無助，或者無能為力。

愛得一塌糊塗也並不是罪名，我們又不是要交功課，寫論文，也不需要向甚麼人交代。一塌糊塗之中，起碼我們曾經從中找到片刻的快樂，或者興奮，或者某些慰藉，或者或者，某些時刻，我們曾經確信那些愛可以走到永遠。相信過，擁有過那刻的安全感，擁有過那刻的期盼，憧憬，幻想，這些體驗還不夠嗎？

再一塌糊塗，也有得着。

也有終結。

終於我們發現，我們的人生不過一塌糊塗。一場又一場的混亂過後，我們終於發現，原來我們享受平靜的孤獨。

原來孤獨也很好。

起碼身處於這樣的孤獨，我們可以很有條理地面對自己每一刻的情感，很有條理地面對自己每一刻的懦弱，或許終於可以找到，一點點變得更加堅強的方法。

或者終於可以理解到，無能為力是我們人生的其中一個必然的部分。

不必一定要有力量解決。

讓我們接受無能為力的我們，有心無力的我們，這個世界太多事情改變不了，也不必要改變。就讓這個世界這樣的運行着，我們也就這樣無力地活着，也足夠好了。

無能為力

讓我們成長得最快的，
是無能為力。

無能為力的最開始，
始於我們覺得我們可以靠自己改變甚麼。

終於我們會發現，
這個世界並不需要我們改變甚麼。

那個人，
並不需要我們改變甚麼，
也不需要我們為他改變甚麼。

我們曾經以為我們的愛可以偉大得為對方改變自己，或改變對方。但我們終於會發現，所謂的改變，大多時候都是在最熱情的那些階段發生。及後我們，就會回復原狀。

我們也曾經以為我們在愛情的最後階段，只要聲嘶力竭，只要狠下誓言，就可以把對方留住。終於我們發現，這只不過是徒添反感而已。

我們也曾經在以前的關係裏學到要好好珍惜。於是在上一段關係裏，我們每天都珍惜着，對對方很好，把對方的生命視為自己的生命。終於我們發現，愛得太深，對方走得更快。

我們就是在這些無能為力中活着。

但世界並沒有為我們加添力量。

彷彿是越愛越無力，越活越無力，生活的體驗逐漸成為一個龐大的陰影，把我們活生生地吞噬，把我們對愛情的憧憬，生活的憧憬，慢慢洗刷淨盡。

終於無力地絕望。

越絕望，就越無力。

人生大概就是如此，我們的生存並不是要為了改變甚麼，而是要好好地享受快樂。世界上並不是很多東西都需要努力的。「努力」只是很多得益者給予你的「價值觀」，好讓你繼續為他們的「利益」努力。

起碼愛情，並不需要這樣的「努力」。

就算是努力，也只是你們兩個人努力去獲得快樂，獲得幸福。並不需要苟延殘喘地苦苦哀求，也並不需要把自己掏空淨盡，更不需要卑躬屈膝。記住呀，愛是兩個人的事，也必須是兩個人的事。相愛着的話，這段愛情並不需要花很大的「力氣」的。只有一個人愛着，才會顯得這麼費力。

不要讓愛情，花光你所有的力氣，換取更孤獨的感覺。

去愛一個不只對你好的人

這個世界一直跟你說：
去愛一個只對你好的人。

但它好像忘了
所謂的「只對你好」，
大多只在一時，
所謂的「只對你好」，
是因為那個人本性並非如此。

愛多幾次之後，大概你會發現，要愛一個不只對你好的人。

因為愛多幾次之後，我們就會發現，所謂的「只對你好」，只會出現在愛情最初的時刻，那些熱情上頭的時刻，所謂的「只對你好」，是因為那個人對待人的方式從來就不是這樣。

他玩世不恭，但這次只對你好。一段時間過後，他就會回復玩世不恭的原狀，而你就要承受「為甚麼他會改變了」？是不是自己做錯了甚麼？等等等等的惡果。

他明明憤世嫉俗，脾氣暴躁，但對着你總是如此冷靜平常，情緒受控，再用一句「只對你好」把你俘虜。愛多幾次之後，你還會信這一套嗎？

他怎樣對待家人，也必定會怎樣對待愛人。

他把以前的前度以如此糟糕的方式拋棄，將來也一定會把你如此拋棄。

請不要以「這一次一定會不同」，「我們的關係和其他的不同」的各種方式麻醉自己，風險太大，而且失敗率百分之百。

你也許都感受過了，不是嗎？

但也不必怪他，熱情上頭的時候，他總是會做着各種承諾，一個「不是怎麼自己」的方式對待別人，就是為了獲得別人對自己良好的觀感。這很平常，也不存在甚麼詐騙成分。

但這卻是我們實實在在的教訓。

教訓我們一定要看清所有世俗約定俗成的糖衣陷阱。

一個不只對你好的人，就是因為他的本性就會對人好。

無論時間過了多久，他仍然會這麼善良對人，仍然是那麼處事認真，就算我們最終得不到所謂的「最特別的那個」，「特別寵自己」的感覺，我們卻可以因為他的本性，而長久地得到他所有的好。

突破所有世俗約定俗成的陷阱，我們才有本事看清愛情的本相，我們才有本事好好避免太多的錯愛，找到那個真的對的人。

就算沒有結果

是誰告訴我們
有結果的愛情才算是圓滿？

又是誰告訴我們
要懂得避開傷感，避開不適合的人。

真正圓滿的人生，
正正就是經歷過不圓滿的愛情，

就算沒有結果，我還是提起勇氣，和你走過那一段早知沒有結果的路。

我拒絕了所有沿路的風景，拒絕了走進那間擺設很美的咖啡店。我拒絕了所有對我好的人，也拒絕了所有曖昧的苗頭。就和你，這樣開始。

當然中途就是因為知道某些不適合，我們才會有這些難過。但也因為知道彼此都愛着，我們也曾經這樣小心翼翼地避重就輕。

就算時光這麼短暫也好。

你問我有沒有後悔過？從一開始，我就沒有後悔。到最後，我也沒有後悔。並不是所有愛情都是要為了一個結果而走的。經歷過很美的心跳，也經歷過很難過的時刻，就是經歷過所有種種之後，我更加可以肯定，所有的難過，都比不上片刻的心跳。

而這些心跳，只有你可以給我。

適不適合，一早就知道了。和你一起過之後我才發現，原來不怎麼適合的兩個人，開始了不怎麼適合的愛情，也可以曾經綻放得如此的美。

不知道你們有沒有試過開始一段沒有結果的關係？

也不知道你們是不是正在經歷一段明知沒有結果的關係？

很想告訴你，就算很多人說我教壞人也要說，真正的愛，原來真的不求結果。

真正的愛，原來對方在眼前的話，真的不會想太多。

原來那種心動，會讓自己知道明知是燈蛾撲火，也會這樣撲過去。

就算各種成長的痛楚逐漸會教曉我們不要就這樣衝動，但在我們完全成熟之前，大概也必然會有過這樣的經歷。

痛過，痛得很，痛得深。

就當我們未成熟。就當我們如此不智。

但我們偏偏都曾經喜歡這些不智。

那個名為潛意識的魔咒

潛意識就像魔咒一樣，
纏繞着我們的每一段戀情。
讓我們每段戀情的結局，
都離不開那些原因。

最終我們發現，
要解除這些魔咒，
不過是找到一個人，
他有足夠的愛包容你的所有魔咒符號，
讓它無法生效。

很多段戀情之後，我們終於發現自己，有些本性，有些情緒，有些反射動作，總是改不了。

我們以為自己終於可以好好抑壓那些壞脾氣，終於可以好好抑壓那些突如其來的小情緒。我們以為終於可以成為一個更有價值的，更值得被愛的人。但是我們發現，這些改不了的性格，就像魔咒一樣纏繞自己，牽絆我們每一段戀情。

不是說那些可以改得到的，譬如更加上進，譬如懂得反省自己，譬如更加投入去愛，譬如更加懂得珍惜。而是那些時常出現，就像反射一樣讓我們自己感受到的情緒，和那些反射動作。

後來我終於知道，那叫潛意識。

或者叫做魔咒。

很不甘心自己是這樣的人，也很不甘心自己始終無法逃離這些魔咒，最不甘心的是，每段戀情的結局大概都走不出那些原因。

壞脾氣，壞性格，沒有耐性，過於執着，等等等等。

也不知我們的潛意識潛藏了多少個。

我們每個人都有一些魔咒。

痛過，學過，反思過，沉默了很久很久之後，我終於發現，我們要做的，不是解除這些魔咒。

我們要做的，是遇上那個願意包容我們的魔咒的人，而我們也甘心包容他們的魔咒。

我們無辦法選擇我們的潛意識，極其量也只能花很大很大的力氣去改變一小的部分。因此也不必花時間斟酌一段戀情裏誰對誰錯了，就輕鬆一點地把那些癥結歸咎在潛意識裏吧。反正它也不會反抗，也不會辯駁。然後我們就可以用最輕鬆的心情，騰出自己的時間，騰出自己的心思，直到遇到那一個，最對的人。

彼此包容彼此的魔咒。

讓它們不再生效。

婉拒我的好，讓我休養。

會心動，就會心傷。

慢慢我懂得提醒自己，
既然從上一段戀情痊癒了，
就好好接受曾經深愛過的副作用：
孤獨感。

不得不說，
這些孤獨感，
帶給這刻的我很大的安全感，
帶給這刻的我，最需要最需要的安全感。

後來發現，自己所謂的「好」，到頭來傷了別人，也傷了自己。

禮貌對人，好好對人，在大夥兒之間比較健談，然後在某些時候認真，偶爾也會得到別人的青睞。只是那個經歷了太多的自己，實在已經提不起勁，好好再愛一次。

提不起勁逛街，提不起勁聊天，提不起勁交心，因為知道一交心 ，最後的心會傷。

而這一刻的自己，太怕受傷。

因為太怕再經歷多一次，那些淪陷的日子。

或許深深地愛過之後，原來會喜歡平淡，喜歡寧靜，最好一個人看海，一個人逛街，一個人吃甜品，然後自己對自己說，今天滿足了，可以回家。

然後聽音樂，然後安睡。

讓自己有足夠的精神在第二天工作。

讓生活規律慢慢接受這些孤獨感，原來這一刻反而會更有安全感。

不小心讓別人看見的好，就讓我保持距離，實在不想這一刻未完整的自己，這個不懂得愛別人的自己，這個不想再愛別人的自己，再傷害別人，到頭來，再傷害自己。

或許有一天會遇到下一個讓自己心動的人，那再算。但我知道這一刻，就算在心動，我都始終無法提起勁，回應別人的愛，回應自己的感覺。

但，這也算是痊癒的一種。

起碼這刻的自己最平靜，這刻的自己沒有失重感，沒有太多的失眠，沒有太多的擔心，不過就是沒有愛而已。

相比起那些受過的傷，那些之前感受過的痛，沒有愛，算不上甚麼。

若然還願意受傷

世界的掩眼法太多，
可以來自於家庭，朋友，教育，
讓我們始終無法成為最真實的自己。

於是我們以那個不是真實的自己去愛，
經歷了一段有一段似是而非的戀情，
然而最後都感到莫名其妙的空虛感。

倒不如用最真實的自己，
愛一次，
嗯，就算傷痕纍纍，
但一定最充實。

受過一次又一次又一次的傷，若然你還願意再愛一次，甘願承受再傷一次的可能性，那就問那個很抽離的自己，到底自己想成為怎樣的人。

我們也都只是血肉之軀，飽受情緒的捆綁，肉體的捆綁，父母身教的捆綁，教育的捆綁，朋輩的捆綁，太多的捆綁讓我們始終無法好好做自己。或者說，我們認為現在的這個，就是自己。

跟那個很抽離的自己對話，就像打遊戲機，你就是裏面的角色，你必須在遊戲裏飽受撞擊，偶爾受到傷害，偶爾得分，而那個控制自己角色的，就是那個玩家。

你要把自己想像成是玩家的角色。問自己，你想從這個遊戲裏獲得甚麼體驗，你想怎樣裝備自己，想自己有怎樣的性格，成為一個怎樣的人，收穫怎樣的愛情，收穫怎樣的經歷。

然後好好記着這個心態，在你投入體驗的同時，不斷和那個玩家對話。反問自己，自己現在，是不是走在自己最想走的軌道上。

想成為一個大方的人，還是想成為一個瀟灑的角色，先不要問自己現在是怎樣，就問自己想成為怎樣。

然後在過程中，努力成為那個人。

過程不會容易的，甚至比改變潛意識還要困難。因此在過程裏，不斷和「玩家」溝通就可以了，也不急於要一次過全面改變。

這樣走到最後，就算傷痕纍纍，就算不斷慘敗，你也知道，這條路是自己選擇的，你也成為了自己最想成為的人，就算最後都無法收穫自己最想收穫的愛情，起碼沒有後悔。

起碼真真正正地為自己而活，真真正正地活自己的人生。真真正正的受過傷，最真實的自己真真正正地愛過，那還不夠嗎？

那已經很好很好了。

當我們越長越大，快樂彷彿就離我們越來越遠，因此，趁現在，趁這一刻，若然你仍然勇於承擔受傷的後遺症，那就用最真實的自己，再愛一次吧。

遇上那個對的人，就以那個最真實的自己的身分，再愛一次吧。

要擁有必須先值得擁有

後來我會發現，
擁有不代表需要用力地捉緊，
越用力，越早失去。

因為用力，遲早會用錯力。

若然真的想擁有甚麼
就先把自己變得值得擁有甚麼。

這樣一來，你沒有用力，也擁有了。

很喜歡林夕大師的一句歌詞：「要擁有，必先懂失去怎接受。」

經歷過世間太多的離離合合，也經歷過太多次以為那次可以長久，然後悄然失去。我也終於發現到，若然還想在這愛海裏浮沉，尋覓幸福，想擁有一段幸福的愛情，幸福的將來，我們必須先令自己「值得擁有」。

要擁有，必須先值得擁有。

若然想擁有一段痛痛快快，充滿自由，彼此不會太干預彼此生活的關係，我們必須讓自己變得更大方，更灑脫，才會吸引到那個灑脫的人。

若然想擁有一段無微不至，互相陪伴，經常擁抱的關係，我們就必須讓自己先成為一個願意投入愛情，願意付出時間，願意感受彼此的感受的那個人。

成為那個值得擁有的人，我們才可以擁有。

這個世界的愛海沒有規範，也沒有戒條，因此每個人也有自己心目中的量度單位，自己心目中的尺，自己心目中的條件，自己心目中的堅執。因此失去了甚麼，被傷害了甚麼，我們也大概不能怪誰，怪就怪自己和那個不合頻率的人，糾纏了一段錯誤的關係。

不合頻率，從來都不是任何一方的錯。

就在單身的空檔問一問自己，就算你處於一段關係裏，也可以不妨問一問自己，你想要甚麼頻率的人，你想要有一段甚麼頻率的關係。你想要空間，還是體貼？你想要驚喜，還是細水長流？

最後就問自己，你願不願意先成為這樣的人。

如果願意，你才有辦法吸引那些你想要的人，那些你想要的關係。

若然不願意的話，就需要問自己，到底那些你想要的頻率，是不是真的適合你，你是否願意在相處久了，壓迫感日增的關係裏，仍然可以舒適地存在，生活，相處。

愛海的波浪太多，不同的頻率也太多，但你一定會找到一個相同頻率的人。

未到，只是未到。

錯過了，因為真的那個只是未到。

到了，那個相同頻率的你，就自然擁有了。

尚痛的旅程

新的旅程給你的意義是甚麼？
是重生？是遇上更多的可能？

新的旅程給我的意義，
就是我可以帶着那個還有點痛的自己，
背上有點重的行囊，
拿着有點沉重的回憶，
然後好好和這些痛楚共存，
再面對未來的種種可能。

以後可能仍然還會遇上更多的痛楚，
但我總算明白了，
這就是生存必須經歷的一部分，
也是我們實實在在地存活過的證據。

背上行囊，我也終於要展開下一段旅程。

後來我發現，沒有一段旅程可以在毫無痛楚之下重新開展的。

大前提只是，那些痛楚，我們可不可以好好承受，好好放在記憶的那一處角落，在無人的時份，或者百無聊賴的早晨，才讓這些痛楚輕微地滲出來。

看着遠方的夕陽，我知道我必然會想起和你度過的每一個黃昏，和你許下的每一個無法兌現的承諾，也許還會想起那些一起看海的日子，你說浪漫，我說無聊。

做錯的，錯過的，始終都過去了。

那些痛楚，我也總算承受了，也好好安置了下來。

我坐在車廂的角落，橘黃色的光穿過葉片映照在車窗裏，像極了我和你回憶的剪影，也像極了那些無法彌補的遺憾。我也總算知道，我和你的關係裏，最珍貴的，不一定全部都是美好的。

原來遺憾，原來眼淚，也可以是我們曾經深愛過的證據，記憶，和禮物。

原來你，原來我，原來不對的頻率，也曾經譜寫過一個美麗的光譜。

原來快樂，原來傷感，原來深深地放在記憶裏的經歷，都成為了我最後想祝福你的一句說話：「你一定要快樂地活下去。」

你一定要找到很幸福很幸福的將來。

我無法給你的，希望下一個誰可以給到。

你一定可以看到一個更美麗的夕陽，更美麗的海，更浪漫的黃昏，聽到更實在的承諾，感受到更溫柔的擁抱。

我們都一定可以。

一定可以。

我要走了，就看看會不會遇上下一段幸福，你也一定要保重。

後序一

錯愛，總比真愛多。

若然我們仍然有勇氣繼續走下去，願意繼續錯，願意繼續錯過，我總相信，我們總會遇上真愛的。

而這一段過程，我認為，我們沒有白過。

後來我們開始明白愛情要走得長久，兩個人必須是相同的頻率。可以是因為一開始就同頻，可以是因為某一方願意調頻，也可以是因為雙方都願意調整頻率。

你就算最終都無法達致同一個頻率，這一個在錯誤的頻率出現過的關係，希望大家都曾經迸發過火花。

在大家都遇上真愛之前，我仍然會在這裏，陪伴着你們每一個。陪伴着你們由看到刺眼的陽光，慢慢變成柔和的陽光。由崎嶇不平的路，到漸漸看到遠方的曙光。我這一段時間的任務，就是要不斷地告訴你，選擇快樂，調整到快樂的頻率，因為把自己調整到快樂的頻率，我們才可以真的快樂。

我知道很難。

因此我會如一地陪伴着你慢慢來。

放心。

後序二

一年過去了，經歷也多了一年。

有時候我會想，如果我可以向你好好細說這些年發生過的事，也聽你細說你經歷過的有趣事，驚喜事，開心的也好，不開心的也好，原來我都很想知道。

但無論是否知道也好，最重要的，還是你仍然安好。

這是我每一年都很想知道的。

不知你相不相信，但在遠方的我，仍然會在某些晚上，用心感受遠方的你，是否過得快樂，是否過得傷感。我知道那段日子的我說了很多，都做不到。希望你相信的很多，都做不到。但這幾年以後的我，請你相信，有一個人是真心地希望你很好的。是無論如何都希望你很好的。

這一個人願意花光一生的願望，一生的運氣，都要把自己內心的頻率調整到你內心的頻率。然後這一個人就可以告訴你，無論如何，這個人都會在這裏。

雖然這個人，遇見你，早已經花光了一生的運氣。

和你相處，早已經花光了下一生的運氣。

得到過你的愛，得到過你的笑容和眼淚，早已經花光了下下一生的運氣。

enlighten & fish 亮光

系　　列：相愛論
書　　名：離開你以後，我才慢慢學習離開你
作　　者：Jayford
封面插畫：Nico Cheung

出 版 社：亮光文化有限公司
Enlighten & Fish Ltd
社　　長：林慶儀
編　　輯：亮光文化編輯部
設　　計：亮光文化設計部
地　　址：新界火炭坳背灣街61-63號
盈力工業中心5樓10室
電　　話：(852) 3621 0077
傳　　真：(852) 3621 0277
電　　郵：info@enlightenfish.com.hk
亮 創 店：www.signer.com.hk
面　　書：www.facebook.com/enlightenfish

2024年6月初版

I S B N　978-988-8884-06-3
定　　價：港幣$118

法律顧問：鄭德燕律師